DON GIOVANNI

OU

LE BIENFAITEUR DISCRET

DON GIOVANNI

ou

LE BIENFAITEUR DISCRET

PAR A. BRESCIANI.

(TRADUIT DE L'ITALIEN.)

LIMOGES
BARBOU FRÈRES, IMPRIMEURS-LIBRAIRES.

DON GIOVANNI

ou

LE BIENFAITEUR DISCRET

I

Dans un salon de quelques pieds carrés, un homme se trouvait assis devant un bureau en noyer, surmonté d'une petite
balustrade, autour de laquelle s'étageait une grande quantité
de papiers. Près du mur en face de cette table, un socle en
forme de tour supportait une pendule réveil-matin, placée
entre deux armoires sculptées. Autour des murs, ainsi que
près du fauteuil dans lequel notre homme était assis, s'élevait
un échafaudage de livres. Les fenêtres de ce petit salon donnaient sur un jardin dont les plates-bandes bien entretenues
étaient remplies des plus belles fleurs indigènes et des plantes

exotiques les plus rares. Plus loin, se trouvait un potager soigneusement cultivé et bien fourni de légumes pour les besoins de la cuisine.

Le personnage que nous venons d'entrevoir lisait quelques manuscrits. C'était un prêtre d'environ cinquante ans, de stature un peu au-dessous de la moyenne, replet, robuste et d'une physionomie distinguée ; il avait l'air franc et jovial, les joues fortement colorées des tempéraments sanguins, et de grands yeux dont l'expression calme et douce dénotait un esprit lucide et un jugement sain. Il dirigeait depuis environ vingt ans la paroisse la plus peuplée de la ville ; il était en même temps le vicaire délégué de l'archevêque, qui l'aimait et l'estimait beaucoup.

Notre curé s'appelait don Giovanni ; il était né d'un pauvre gentilhomme d'ancienne noblesse, homme de bien retiré, ainsi que sa femme, dans une maison qu'il possédait non loin de la ville, avec quelques dépendances qu'il faisait valoir lui-même et qu'il se plaisait à embellir et à fertiliser. Sa femme s'appelait Livia ; comme lui de haute naissance et pauvre, elle avait été élevée dans une de ces grandes maisons où tout marche à l'aventure, où les dépenses dépassent les revenus, où les serviteurs volent sans pitié un maître qui ne songe qu'à gaspiller follement sa fortune, et qui, criblé de dettes, entouré d'usuriers, se trouve à la fin ruiné ainsi que ses enfants.

Ceux qui ne se sont jamais trouvés dans une pareille situation, ne peuvent s'imaginer quel fut le chagrin et l'humiliation d' cette bonne Livia. Née dans un palais somptueux, habituée à tout le luxe que la richesse peut donner, ayant pour amies les demoiselles le plus haut placées de la ville, douée des plus belles qualités et des sentiments élevés que développe une éducation soignée et complète, elle se vit tout à coup obligée, par les prodigalités de son père, et pour ne point s'exposer aux froideurs ou à la pitié insolente de ses anciennes amies, de se retirer à la campagne et d'y vivre solitaire et ignorée.

Lorsque le ciel lui donna un fils, Livia mit tout son amour et ses soins maternels à l'élever d'une façon digne de sa naissance, en lui donnant une éducation solide et distinguée ; elle lui inspira de bonne heure l'amour de la vertu, l'horreur du péché, et le mépris des richesses ; elle l'exhortait à supporter avec résignation le double poids de la naissance et de la pauvreté, lui citant comme modèle Notre-Seigneur Jésus qui, lui-même, a voulu se faire homme pour nous enseigner la modestie et l'humilité, en naissant de parents pauvres quoique de descendance royale.

Elevé à si bonne école, don Giovanni avait le cœur bon, affectueux et l'esprit plein de pensées élevées et généreuses. Dès qu'il fut sorti de l'enfance, son père pria l'archiprêtre de la paroisse de vouloir bien se charger de son éducation ; c'était un homme versé dans les sciences, un savant quelque peu poète, qui, voyant les bonnes dispositions de son pupille, enfant intelligent et spirituel, au lieu de le laisser pâlir sur sa Grammaire, le poussa avec une sage modération à la lecture des poètes anciens et modernes, si bien, qu'à peine âgé de quatorze ans, notre héros était initié à toutes les richesses de la langue grecque. Il s'était tellement familiarisé avec Homère, Démosthène et Xénophon, que son style comme son imagination avait conservé l'empreinte du génie de leurs sublimes œuvres.

Passant la plus grande partie de ses journées au presbytère, le jeune homme prit goût aux offices de l'église et, de bonne heure, sentit naître sa vocation pour l'état ecclésiastique. Après avoir terminé ses études d'une façon brillante, il pria son père de le laisser entrer au séminaire et revêtir la soutane pour toujours. Une fois là, il ne négligea rien pour compléter son éducation rapidement. A vingt-trois ans, il prit ses degrés si brillamment, que son archevêque le nomma professeur de philosophie et des sciences sacrées. Nommé, deux ans après, professeur de théologie, il exerça ses fonctions avec tant de zèle et de succès, qu'il s'acquit les louanges et l'admiration des membres les plus éminents du clergé diocésain. Il fut ensuite nommé curé de Sainte-Cécile, l'une des paroisses les plus considérables de la ville.

Son premier soin, en entrant dans ses nouvelles fonctions, fut de s'informer de l'état de la paroisse, de la quantité de pauvres ou de riches qui l'habitaient ; ses premières visites furent pour les malades, les veuves et les orphelins ; il visita ensuite la noblesse, puis les prisons, enfin les hôpitaux, pour savoir au juste combien sa paroisse contenait de malades. Voulant aussi connaître, pour les ramener au bien, quelles étaient les brebis égarées, il alla les chercher jusque dans les tavernes et les lieux les plus repoussants. Il n'oublia pas, dans sa sollitude, de rendre ses respects aux familles patriciennes, qui lui firent pour la plupart bon accueil ; il eut bien à supporter quelques froideurs de la part des parvenus, mais les dames, en général, le reçurent gracieusement et poliment, excepté celles qui négligent les pratiques religieuses pour ne s'occuper que de choses mondaines.

Quoique donnant beaucoup de temps aux pauvres et aux malades de sa paroisse, don Giovanni n'oubliait pas les soins matériels du culte ; il s'occupait, avec la plus énergique activité, à restaurer, orner et embellir son église ; il la revêtit de marbres précieux, et la dota de vases sacrés de la plus grande richesse, car il était d'avis que la somptuosité des lieux saints invite les fidèles à assister plus régulièrement et avec plus de dévotion aux offices divins.

Tous les dimanches il montait en chaire pour expliquer l'Evangile à ses ouailles. Avant Vêpres, il faisait réciter le Catéchisme aux enfants et aux jeunes gens, et, lorsqu'il était content d'eux, il leur faisait de petits cadeaux pour les encourager.

Avec ses collègues, don Giovanni était affable, poli, serviable. Tous les dimanches, réunissant à sa table trois ou quatre des prêtres attachés à sa paroisse, il passait avec eux plusieurs heures gaiement et comme en famille ; de sorte qu'ils l'aimaient et le respectaient comme un père.

Don Giovanni, du reste, ne négligeait rien pour guider avec amour et sollicitude ses clercs, dans la vocation à laquelle ils se sentaient appelés ; il les admettait dans sa bibliothèque, où il

avait réuni à grands frais les meilleurs livres, afin de leur faci-
liter les moyens de se former le cœur et l'esprit par de bonnes
et saines lectures.

Il était à la tête de toutes les œuvres de charité, et engageait
par de bonnes paroles autant que par l'exemple, les plus sages
et les plus riches gentilshommes de sa paroisse à venir en aide
aux malheureux. Il était patriote fervent, et défendait avec ardeur les institutions de son pays, blâmant fortement ceux de
ses collègues qui avaient la faiblesse d'adopter de préférence
les innovations étrangères. Ceci ne l'empêchait point de se
mettre de la partie s'il s'agissait d'une bonne œuvre, lors
même que l'initiative venait du dehors, car, en vrai serviteur de
Dieu, il aimait à faire le bien à tous ceux qui en avaient besoin,
sans s'inquiéter de leur nationalité.

Nous avons voulu esquisser en peu de mots le portrait de
notre héros, afin de le faire bien connaître au lecteur. C'est un
homme d'un noble et grand caractère, dont les actions généreuses et charitables feront, dans le cours de notre récit, verser
bien des larmes d'attendrissement et d'émotion.

Nous l'avons laissé dans son étude, que nous connaissons
déjà, lisant avec attention un papier qu'il tenait à la main.
Mais il nous reste encore à décrire le presbytère, précaution
nécessaire à la clarté de notre émouvante histoire. C'était un
ancien édifice du neuvième ou dixième siècle, que l'on avait
restauré et rebâti maintes fois. Cependant il conservait encore
de son ancienne origine un cloître à petites colonnes accou-
plées, soutenant de petits arcs qui répandaient sous les voûtes

une lumière douce et incertaine. Sur ce portique, se trouvaient les anciennes cellules des chapelains et des chantres. Le long des passages on voit çà et là des corniches surmontées de la statue des douze apôtres, et, au détour de chaque corridor, il y a une niche renfermant la Madone des Sept-Douleurs, l'image du Christ, saint Michel et sainte Cécile. Après avoir monté l'escalier, on entre dans un salon qui conduit aux appartements des deux desservants, ainsi qu'à celui du curé, dont l'ameublement est aussi modeste que les ornements de son église sont fastueux. Les meubles, quoique simples, sont propres et bien tenus, ainsi que les chambres qu'il habite, de façon à être toujours en mesure de recevoir décemment les visites qui peuvent survenir.

Il n'a à son service qu'un bon garçon, laborieux et fidèle, faisant les gros ouvrages, et pour la cuisine et les soins domestiques une vieille servante appelée Pasqua, qui avait servi le curé chez lequel don Giovanni avait été élevé. C'était une de ces femmes impérieuses et acariâtres qui, ayant l'habitude de conduire le ménage à leur guise, ne souffrent aucune contradiction et exigent que tout marche selon leur bon plaisir ; du reste propre, soigneuse, posée et ayant bon cœur. D'une irascibilité extrême elle entrait, à la moindre contrariété, dans des accès de colère furieuse, et n'épargnait point les invectives à ceux qui avaient eu le malheur de l'offenser.

Elle est d'une activité surprenante et ne souffre personne dans sa cuisine. Si par hasard Vincenzo le domestique y met les pieds, elle le malmène sans pitié. On ne sait si elle dort la quit, car à trois heures du matin elle est déjà debout, met sa cuisine en ordre, puise de l'eau, allume le feu, et prépare le café du curé qui est lui-même fort matinal. Aidée par deux jeunes ouvrières, elle fait la lessive à la maison, repasse et range le linge dans les armoires, qu'elle parfume avec de la lavande et de l'iris. Les meubles, aussi bien que la cuisine, reluisent de propreté ; impossible d'y découvrir soit un grain de poussière ou une chaise dérangée, car si les clercs ne les remettent pas en place après s'en être servi, elle les maltraite sans miséricorde. Envers les pauvres qui viennent lui demander l'aumône, elle est d'abord brusque et désagréable ; mais, lorsqu'elle les voit partir découragés par son mauvais accueil, elle les rappelle et leur donne souvent double ration. Aussi ceux qui la connaissent font mine de s'en aller, sûrs qu'ils sont d'être bientôt rappelés.

Comme cuisinière, elle n'a pas sa pareille ; elle sait non-seulement faire toute sorte de pâtisserie, mais une foule de plats succulents qui lui valent souvent les éloges des hôtes de son maître. Elle est de plus bonne ménagère, et personne ne sait mieux qu'elle soigner la cave et choisir les provisions de beurre, de jambons, de fruits et de conserves.

Les poules sont l'objet d'un culte particulier de sa part ; le poulailler est son royaume, et nul n'oserait s'en approcher. C'est elle qui va chercher les œufs, met de côté les petits et choisit les gros, qu'elle bat le matin dans le café du curé ; c'est encore elle qui va dans le pigeonnier prendre les pigeons qu'elle veut rôtir pour le dîner. Enfin c'est une servante modèle, et le curé peut se reposer sur elle des soins de son ménage, qu'elle fait marcher d'une façon irréprochable.

Les désagréments arrivent toujours au moment où l'on y pense le moins. Or voici que, pendant que le curé lisait tranquillement le mémoire d'un pauvre père de famille, Pasqua entre furieuse dans son cabinet, le visage empourpré, les yeux hors de la tête, grinçant des dents, les poings sur les hanches, et criant à tue-tête comme une folle. Le curé lève les yeux et lui dit avec le plus grand calme :

— Eh bien ! Pasqua, qu'y a-t-il ?

— Ce qu'il y a ? ce qu'il y a ? je m'étonne que vous osiez me le demander ! Qui l'aurait jamais cru ? Ah ! pauvre maison ! j'y suis entrée pour mon malheur ! Non, non ! je veux m'en aller, payez-moi de suite, je ne veux pas rester un jour de plus dans cette Babylone.

Don Giovanni déposa le manuscrit sur son bureau, et, d'un geste de la main, l'invita à se calmer.

II

LE CHOLÉRA

Les hommes les plus graves, les plus posés, ceux même qui ont eu à essuyer les plus dures épreuves de la vie, ne savent guère garder leur sang-froid devant ces ennuis domestiques. Cependant don Giovanni savait non-seulement se posséder, mais, connaissant le caractère de Pasqua et habitué à ses boutades, il ne voulait pas, en se mettant en colère lui-même, prolonger des scènes toujours désagréables. Pourtant, cette fois, il regardait sa servante de l'air embarrassé d'un homme qui a quelque chose à se reprocher. Néanmoins, il essaya de calmer l'orage par la douceur, et, faisant signe à la bonne d'avancer, il lui dit avec bonté :

— Voyons, Pasqua, ne me cassez pas la tête, dites-moi ce

qui vous est arrivé, et, s'il est en mon pouvoir d'y remédier, vous savez que je suis toujours heureux de vous rendre service et de vous contenter en tout.

— Entendez-le, répondit Pasqua avec un sourire ironique et en montrant du doigt don Giovanni. Entendez avec quel flegme à faire mourir un chrétien subitement, il vous dit : Ma bonne·petite·Pasqua ! Eh ! porter remède ! vous rendre heureuse et contente ! Je suis sur les dents ! ne le voyez-vous pas ? je ne respire plus, je ne me tiens plus sur mes jambes ! Ah ! pauvre Pasqua, dans quelles mains es-tu tombée pour tes péchés !

— Allons ! finissons-en ; que t'ai-je fait pour que tu te lamentes ainsi ?

— Vous m'avez volé mes poules ; je veux mes poules ! Et vous me parlez de remède, quel remède pouvez-vous employer ? Cherchez mes poules, rendez-moi mes poules. Il ne fallait plus que cela ! Depuis que les médecins et les prêtres ont inventé le choléra, tout va ici de travers : on ne dort plus, on ne mange plus, la nuit comme le jour la maison ne désemplit pas de gens de toute sorte, qui viennent chercher M. le Curé pour assister un tel ; à peine celui-ci est-il sorti, qu'il en vient un autre, et ainsi de suite. Mon Dieu ! quelle fin du monde ! Il faut que vous, M. le Curé, courriez toute la journée comme un chien de chasse, sans compter Vincent, les sacristains et les desservants, qui sont continuellement en route, et qui arrivent le soir exténués. L'un me dit d'une voix éteinte :
— Pasqua, un verre de vin, je n'en puis plus. L'autre : — Pas-

qua, une chemise, s'il vous plaît, je suis en nage. Enfin, tout
le monde veut être soigné ; qui demande du camphre, qui du
vinaigre des quatre voleurs, qui ceci, qui cela ; et il n'est pas
jusqu'à cette vilaine chose puante que l'on brûle sans cesse
dans les chambres et dans le cloître, qui ne vienne m'agacer en
remplissant la maison d'une odeur nauséabonde qui soulève le
cœur et fait éternuer.

— Ce sont des châtiments que Dieu nous envoie, répondit
don Giovanni ; recevons-les avec humilité et prions pour les
cholériques tout en les soignant.

— Vous êtes plaisant avec vos châtiments de Dieu ! dites
plutôt que ceci nous vient par l'iniquité des coquins et des
fourbes, qui n'ont rien autre chose à faire que le mal. Dieu les
confonde ! Croyez-vous donc que je ne sache pas qu'ils jettent
du poison dans les puits ? Quant au mien, je ne crains rien,
l'ouverture est dans la cuisine qui, je vous assure, est bien fermée, et je vous certifie que je n'y laisse entrer personne. Hier,
un de ces vilains hommes apparut sur le seuil de la porte sous
le prétexte de chercher don Egidio ; je m'avançai vers lui un
tison à la main, et je lui fis dégringoler les escaliers en deux
sauts comme un chat. Quelle insigne méchanceté de vouloir
faire mourir les pauvres gens parce qu'il y en a trop ! Les
grands seigneurs en réchappent et les pauvres sont empoi-
sonnés. Les grands seigneurs font bonne chère, et on enlève
aux pauvres les grâces de Dieu de la bouche. Le Créateur nous
donne de bons légumes, d'excellents fruits. Eh bien ! non, il
ne nous est point permis d'en manger, on préfère les jeter par

charretées dans la rivière. Comme c'est agréable! Et moi qui les aime tant!

— Vous pourrez en manger plus tard, mais, pour le moment, je vous prie de n'en rien faire, car ils vous rendraient certainement malade.

— On prétend que vous êtes savant, et vous croyez à ces sottises, inventées par les docteurs qui sont payés pour faire mourir les gens? Il faudrait tous les étrangler, ces fripons! Que doit-on manger alors? Ils nous ont mis à un régime débilitant de soupe au riz avec un peu de viande bouillie, et nous défendent les bonnes choses. L'un dit qu'il faut boire du vin, l'autre dit non. Celui-ci assure que le rhum est bon, celui-là qu'il est nuisible. Qui croire, donc? Et vous, monsieur le curé, vous avez des idées si saines, si sages! qu'au lieu de manger vos poulets et d'en faire du bouillon, vous me les volez pour les donner ailleurs, et vous vous astreignez à un morceau de viande coriace et à un peu de bouillie insipide. Tous les jours vous m'ennuyez de la même chanson : Pasqua, ne mettez pas de petits pois dans le riz ; supprimez les légumes, le lait est flatueux et la jonchée indigeste ; le soir, ne nous donne point de salade. Jésus, Marie! je vous servirai dorénavant des clous frits. Grand Dieu! à quoi en sommes-nous réduits! Et vous voulez nous faire croire que vous êtes la raison personnifiée, lorsque vous êtes plus sot que maître Peppe, lequel prend la morue sèche pour du veau de lait.

— Tranquillise-toi, ma bonne Pasqua, il faut prendre le temps comme il court.

— Il va bien pour tout le monde, excepté pour moi. Je ne
sais qui a inventé ces espèces de maladies à la mode de nos
jours, qui font que les pauvres vivent délicatement, tandis que
les maîtres font maigre chère ! Croyez-vous donc que ce soit
bien, de la part d'un bon curé comme vous, de dépouiller la
maison pour aider un tas de mendiants oisifs et ruinés ? Le
choléra est une maladie qui coûte vraiment cher, puisqu'il faut
nourrir les gens à volailles et vins fins ! Depuis le premier jour
que ce fameux choléra s'est déclaré, vous ne sortez jamais sans
une bouteille dans votre poche, absolument comme vous le fai-
siez pour votre goûter quand vous veniez à l'école chez le pauvre archiprêtre de Saint-Giuliano. Encore passe pour ceci, je
vous le donnais volontiers, quoique ce fût du Madère, du Malaga ou du vin de Chypre ! Mais vous ne vous en tenez pas là ;
vous n'êtes pas content de ce que je vous donne, et vous allez
jusqu'à faire fabriquer des fausses clés, probablement pour ne
point me déranger, n'est-ce pas ? Et, en attendant, Vincenzo
dévalise la cave à Monsieur. C'est à se battre la tête contre le
mur, rien que d'y penser ! Le marquis Antonio vous envoie une
corbeille de vins étrangers ; vous me dites de la mettre dans
votre chambre ; le lendemain, il ne restait plus que le panier et
la paille ; il arriva la même chose pour le marsala dont le
comte Prospero vous fit cadeau. Oui, tout cela est englouti par
des gourmands et des ivrognes qui, n'ayant pas toujours de
quoi boire, sont bien aises d'être traités à vins fins une fois
dans leur vie.

— C'est justement cela, voyez, Pasqua ! Dieu nous punit en

nous envoyant depuis plusieurs années l'oïdium qui nous empêche d'avoir du vin. Or, les pauvres gens qui sont obligés de travailler, arrivent le soir harassés de fatigue, sans pouvoir se réconforter par un bon verre de vin. Il résulte de ceci qu'ils deviennent faibles et maladifs ; de sorte que, lorsqu'une maladie épidémique comme le choléra sévit, ils en sont les premiers attaqués, sans espoir de guérison, ou ils n'en réchappent qu'à la condition d'être bien soignés. Rien n'est plus propre à les raviver qu'un bon verre de vin, ces malheureux! Qui aurait la barbarie de leur refuser? Ah! si vous pouviez voir toutes ces misères, Pasqua, vous qui avez si bon cœur, vous seriez touchée de compassion.

A ces paroles, Pasqua s'essuya furtivement les yeux du revers de la main pour sécher les larmes qui mouillaient ses cils. Elle avait le cœur bon au fond ; mais toucher à sa cave et à ses poules, c'était lui infliger une trop rude épreuve ; aussi, c'est à moitié vaincue, quoique encore un peu en colère, qu'elle répondit :

— Bien, on tâchera de leur rendre la santé du mieux qu'on pourra ; il n'est pas nécessaire pour cela de leur donner vos meilleurs vins.

— Je les leur donne parce que les vins étrangers sont plus généreux et fortifiants que les nôtres.

— Ce sont des contes! nos vins ordinaires valent certainement mieux que ces vins fades et doux ; mais tout est singulier dans ce mal bizarre et nouveau. En attendant, je n'ai plus mes poules! Et dire que l'on m'a pris les meilleures, celles qui donnaient les plus beaux œufs ! Comme s'il y avait au monde quelque chose de plus savoureux, de plus nourrissant que le bœuf ? Là preuve, c'est que vous ne vous êtes pas fait faute d'en acheter depuis le commencement du choléra ; je le sais bien, quoique vous ayez envoyé en cachette chez le boucher, mais le garçon me l'a dit ! Il faut ensuite payer tout cela, et vos revenus y passeront, sans compter mes poules que vous avez sacrifiées pour remonter l'estomac d'une de ces élégantes qui font petite bouche et viennent quémander les larmes aux yeux et les mains jointes. Eh bien ! mon cher maître, vous jetez votre bien à des gens qui ne vous en savent aucun gré, croyez-moi bien.

— Au contraire, vous ne savez pas du tout ce que vous dites ; car ces poules ont servi à des cholériques que j'ai trouvés dans un état à fendre le cœur aux pierres. Sachez donc que je suis allé chez une pauvre femme prise du choléra après ses couches ; elle est déjà mère de quatre enfants, dont l'aîné n'a pas encore sept ans. A côté d'elle, son mari était à l'agonie ; l'enfant qui venait de naître se trouvait dans le même lit entre son père mourant et sa mère se tordant dans des crampes horribles. Je le pris, le baptisai et l'enveloppai de mon manteau, car il n'y avait pas dans la maison le moindre chiffon pour le couvrir. Le mari mourut. J'envoyai de suite chercher la bonne Ginevra pour soigner la mère et tranquilliser les enfants qui criaient famine. Il n'y avait dans ce misérable réduit aucune espèce de provisions, ni bois ni charbon pour allumer le feu. C'est alors que je vins au presbytère, et que j'envoyai Vincenzo dans le poulailler. Je pris aussi un pot de crème dans la cuisine, je remplis un panier de charbon, et je fis porter le tout avec quelque argent à cette pauvre famille, faisant prier Génévra de faire du bouillon et d'acheter du pain pour les enfants. Voilà un de ces cas comme j'en vois tous les jours, quand ce n'est pas pire encore.

À ce triste récit, Pasqua laissa couler quatre grosses larmes le long de ses joues, ce qui ne l'empêcha point de répondre :

— Était-ce bien nécessaire, pour faire du bouillon, d'avoir des poules, et des fausses clés pour vider mes jarres d'huile fine et prendre mes vins de choix ? Ah ! don Giovanni, ce n'est pas le curé de Saint-Giuliano qui aurait agi ainsi ! Vous donneriez jusqu'à votre chemise, tandis que don Gualberto était un abbé de mérite qui menait bon train et joyeuse vie avec les prêtres du voisinage. Il fallait voir les dîners que nous donnions ! j'en avais pour trois jours seulement à les préparer ; aussi la cuisinière de don Gualberto était connue de réputation partout. Et puis la maison était remplie des meilleures choses, tout y était en abondance : les confitures, les vins rares, la volaille, le linge et l'argenterie. Voilà ce que j'appelle un curé ! Je le vois encore d'ici allant rendre ses visites dans une voiture qu'il conduisait lui-même, et, bien des fois, il me menait ainsi au marché ou aux fêtes des églises voisines.

— C'est qu'aussi don Gualberto, de bonne mémoire, avait un meilleur bénéfice que le mien et avait une fortune personnelle. Il appartenait à une famille fort riche et ses frères lui envoyaient constamment de l'argent et des denrées ; sans compter que sa paroisse contenait moins de pauvres ; du reste, vous savez aussi bien que moi qu'il aidait ceux qu'il avait et se dépouillait pour subvenir aux besoins des malades.

— C'est vrai ; mais vous, vous êtes prodigue jusqu'à l'exagération. Il y a trois ans vous héritez de votre tante, et vous n'avez rien de plus pressé que d'ériger trois grandes chapelles, de doter je ne sais combien de jeunes filles, et de retirer du Mont-de-Piété tous les chiffons de vos paroissiens. Non content de cela, vous achetez des livres pour vos clercs, des ornements d'église, et vous finissez par distribuer le reste aux orphelins de Sainte-Marie et aux pénitenciers. Ceci n'est plus de la charité, mon cher Giovanni ! Encore les bienfaiteurs se régalent-ils quelquefois ; mais vous, vous dévalisez la maison et vous enlevez jusqu'à l'huile ! Pour celle là, elle me surpasse vraiment.

Dieu y pourvoira. Il est impossible de laisser périr de pauvres gens faute d'un peu d'huile. Pour le choléra, l'huile est un remède merveilleux ; je lui ai vu accomplir des prodiges lorsqu'on l'employait en lotions ou en frictions sur l'estomac. Je suis sûr, Pasqua, que si vous vous trouviez près des cholériques, vous avez trop bon cœur pour ne pas surpasser les autres dans votre empressement à leur porter secours. Peut-on, en voyant toutes ces souffrances que l'on sait pouvoir calmer avec une bouteille d'huile, la leur refuser ?

— Quels sont donc les scélérats qui empoisonnent ainsi les chrétiens ? Pourquoi ne les signalez-vous pas à la justice ? Pourquoi ne les faites-vous pas arrêter ? Ce sont eux qui jettent du poison sur les raisins, sur les blés, sur les légumes ; de sorte

que nous n'avons ni vin, ni pain, ni pommes de terres ; tout
est empesté par ces maudits ennemis des pauvres.

— Ne maudissez personne, Pasqua. Dieu, qui est le maître,
fait ce qu'il juge à propos sur la terre, et les hommes n'y peuvent rien.

— Alors c'est la fin du monde ! Hastasia m'a dit, il y a un
mois, qu'un avis venant de Rome nous annonçait qu'à la Saint-
Michel une pluie de feu tomberait du ciel, et que nous nous
trouverions tous dans la vallée de Josaphat au jugement
dernier.

— Vous croyez que le monde va finir d'ici à deux mois, et
vous faites tant de bruit pour un peu de vin et un peu d'huile
donné aux pauvres par charité ? Le monde ne finira pas si vite,
Pasqua, mais nous ne sommes pas sûrs de vivre deux mois, ni
même deux jours. Soyons donc généreux, ma sœur, envers
ceux qui souffrent.

— Eh ! vous êtes si généreux que bientôt il ne restera plus
rien au presbytère. Si nous y allons de ce pas, vous n'aurez plus
de chemises ni de draps à mettre à votre lit, car les armoires
sont presque vides.

— Ne vous fâchez pas, Pasqua, pour quelques aunes de
toile ; vous ne savez pas les misères qu'il m'a été donné de voir
pendant cette terrible épidémie ; je n'aurais jamais pu croire à
tant de pauvreté. La cherté des vivres est telle que, dans bien
des familles, le travail du père ne suffit pas aux besoins du ménage ; alors les malheureuses femmes font argent de tout. Elles
engagent d'abord les quelques bijoux en leur possession, puis

les serviettes, les draps et jusqu'aux chemises. J'en ai trouvé dans un état navrant de maladie, gisant nus dans un sac, faute de draps et de chemises pour se couvrir. Et vous voulez que je garde mes caisses pleines de linge? Non, j'aimerais mieux enlever les draps de mon lit, si c'était nécessaire, et vous qui êtes bonne et compatissante, vous en feriez tout autant.

— Pourquoi ne pas me dire tout cela de suite ; je vous aurais donné les draps en toile de chanvre? Tandis que vous m'avez pris les draps fins, voire même ceux en toile de Hollande que je réservais aux étrangers.

— C'est ce que j'ai fait, Pasqua. J'ai commencé par les draps vieux et grossiers, puis le tour des fins est venu. N'importe! Dieu y pourvoira, et nous en referons d'autres.

— Mais qu'avez-vous fait de vos chemises, à qui les avez-vous données? Par bonheur, vous n'aviez pas la clé de ma malle, sans quoi les miennes y passaient aussi.

— La tentation m'est bien venue de les prendre ; j'ai cherché vos clés partout avec l'intention de vous en parler ensuite et de vous les remplacer plus tard. Mes recherches n'ayant point abouti, j'ai dû me servir des miennes pour les femmes comme pour les hommes. Il m'a fallu aussi pourvoir bon nombre de pauvres jeunes gens qui avaient perdu leurs parents et que je voulais placer dans un hospice. Pouvais-je les envoyer sans chemises? A propos, Pasqua, je vous avertis que Vincenzo va venir tantôt avec deux petites créatures, l'une de trois, l'autre de cinq ans : ce sont deux pauvres orphelins, ils ont perdu ce matin leur mère qui était veuve, et je ne sais vraiment pas où les caser dans ce moment. J'y penserai, mais, en attendant, je vous les recommande. Ainsi, ma bonne Pasqua, faites-leur de-suite une soupe, car ils ont bien faim, les pauvrets ! Après vous irez chez le fripier et vous achèterez une robe pour la petite fille avec un pantalon et un gilet pour le petit garçon ; ensuite, vous leur prendrez des bas et des souliers chez la mercière. Allons, ma chère Pasqua, faites un peu de bien à votre tour.

Pendant que don Giovanni débattait toutes ces choses avec sa cuisinière, qui l'écoutait moitié émue, moitié courroucée, don Egidio le desservant entra dans la chambre pâle, défait comme un homme qui n'a point dormi ; il se laissa tomber sur une chaise, et, après avoir débouclé son col, il respira bruyamment et dit :

— Oh ! monsieur l'abbé, quelle nuit orageuse ! quelle hor-rible et lugubre scène vient de se passer chez le comte Filippo !

— Vraiment ! a-t-il été atteint par le mal? J'ai été chez lui l'autre jour lui demander quelques secours pour la famille de maître Piéro ; savez-vous ce qu'il m'a répondu? Abbé, je ne vous donnerai absolument rien, et puisque notre bon ami le choléra veut bien nous débarrasser d'un tas de mendiants inso-lents qui encombrent nos rues, laissez-le faire ; qu'ils meurent misérablement, ces vauriens ! Vous autres prêtres, vous les maintenez dans leurs vices en les aidant. Ce sont des fainéants qui mendient parce qu'ils ne veulent point s'occuper. Qu'ils travaillent, les paresseux, au lieu de butiner comme les mouches.

— Il vous a dit cela? Eh bien ! il en a été sévèrement puni.

On m'a appelé tout à coup pour aller chez lui afin d'assister la vieille comtesse qui se tordait dans d'affreuses douleurs et était à l'agonie. Je l'ai confessée; j'espère que Dieu l'a reçue dans son sein.

— Je l'espère aussi, car, au fond, elle était bonne et charitable.

— Ecoutez-moi, ce n'est pas tout. La vieille comtesse n'était pas encore morte que son fils unique entre dans sa chambre, me prend par le bras, et me dit : Venez vite, ma femme se meurt du choléra. J'accours et je trouve cette bonne jeune femme dans un état déplorable ; je la prépare doucement à la confession, mais elle me répond : Mon père, la mort ne m'effraye point, je l'ai souvent demandée à Dieu ; il exauce ma prière et je le bénis. Pauvre femme ! si pieuse, si charitable, malgré les précautions qu'elle était obligée de prendre afin que son beau-père ne s'aperçût point qu'elle fréquentait l'église et faisait de nombreuses aumônes, ce qu'il avait expressément défendu. Aussi était-elle forcée, pour accomplir ses devoirs religieux, de se lever au point du jour et de revenir au plus tôt se recoucher pour être prête à recevoir son café que le méchant vieillard lui envoyait tous les matins au lit. Son mari, qui savait tout cela, l'aidait dans sa pieuse fraude et en gémissait.

— Il avait à déplorer, ainsi que sa femme, bien d'autres ennuis, reprit don Giovanni. La jeune épouse ayant eu d'abord une fille, puis un garçon, le vieillard prit un jour les deux infortunés à part, et leur dit d'un ton sévère :

— Jeunes gens, un enfant mâle me suffit, il sera riche ; un second gâterait mes calculs. Comprenez-vous?

— Figurez-vous, don Egidio, quels durent être les souffrances et les angoisses de ces pauvres époux !

— Que me dites-vous là? Oh ! Sagesse divine ! justement le petit garçon vient de mourir il y a une demi-heure, et, avant lui, la petite fille.

— Mais c'est une tragédie que cela, mon cher don Egidio.

— Et une tragédie qui n'est pas encore finie, puisque dans un instant j'ai vu succomber là jeune comtesse, son mari, les deux enfants ; et avec eux périt le nom de cette noble et riche lignée. Oh ! quelle nuit, monsieur le curé ! Lorsque je fus appelé hier au soir, il était à peine onze heures ; nous ne sommes pas encore au point du jour, et il ne reste plus de cette grande famille que le vieux comte, qui a passé la nuit à courir d'une chambre à l'autre, hurlant, frémissant de colère, se démenant comme un forcené, jetant les chaises par terre, donnant des coups de poings sur la table, se frappant la tête et criant :

— Ah ! malheureux que je suis ! Dieu m'a foudroyé de sa colère !

— Au moins il a reconnu la main de Dieu dans son châtiment ; c'est que son père aura prié pour lui dans le ciel où il doit être, car c'était un digne gentilhomme, et sa sœur était une femme pieuse et charitable. Mais quel affreux malheur, don Egidio ! quelle terrible correction ! Quelqu'un est-il venu le chercher pour le faire sortir de la maison? ce serait un acte de miséricorde.

— Je n'ai vu personne; nul n'ose approcher tant on a peur du fléau, et le vieillard est seul au milieu de cinq cadavres. Il fait pitié à voir. Après la mort du petit garçon, dernier espoir de la famille, il se laissa choir dans un fauteuil où il est resté depuis, les yeux fixes et grand ouverts comme s'il était fou ; seulement de temps en temps il s'écrie :

— Ah ! mes enfants, mes enfants ! Ensuite il retombe dans le même état de mutisme et d'engourdissement.

Pendant que don Egidio racontait encore le malheureux évènement de la nuit, Vincenzo fit son apparition avec les deux petits orphelins. Aussitôt que la petite fille eut aperçu Pasqua, elle lui tendit les bras ; celle-ci la prit, et commença à la caresser. Pasqua, tout émue, l'embrassa à son tour. Toutefois, craignant que Vincenzo ne se prévalût de son émotion subite pour devenir plus hardi, elle lui dit d'un ton revêche et impérieux :

— C'est vous, n'est-ce pas, qui videz la maison, volez les poules, et apportez en échange cette belle marchandise ? En attendant, monsieur l'abbé n'a plus de chemises, plus de draps, ni vin, ni huile, ni charbon ! Et vous osez vous présenter ici avec la plus grande effronterie, comme si vous n'aviez pas dévalisé le presbytère à l'aide de fausses clés.

— Mais je.....

Le curé lui fit signe de l'œil. Vincenzo s'interrompit et s'empressa de partir pour échapper à une rebuffade qui menaçait de se prolonger.

III

LA MORT D'UN REPENTANT

Un soir que don Giovanni retournant fort tard de chez un malade, se préparait à ouvrir la grille de l'ancien porche pour rentrer au presbytère, il entendit derrière lui les pas précipités de quelqu'un qui court, et le son d'une voix faible et haletante qui l'appelait. La nuit était froide et obscure, il pleuvait à torrent, et le vent soufflait avec une extrême violence; de sorte que don Giovanni, craignant un malfaiteur, ouvrit précipitamment et se réfugia dans le cloître juste au moment où l'inconnu arrivait devant la grille. Le bon prêtre se retourna vers lui et lui dit :

— Qui êtes-vous, et qui cherchez-vous à cette heure?

— C'est vous que je cherche, **M.** le Curé ; je m'appelle Censio.

— Qui est-ce, Censio ?

— Le fils de Teresa, la mercière, sous la tour de la Ragione.

— Mon Dieu ! comment oses-tu t'exposer ainsi, mon pauvre Censio ? Ne sais-tu pas qu'il y va de ta tête si tu es découvert, car tu es déjà condamné par contumace ? Et tu es assez téméraire pour t'aventurer ici !

— Ouvrez et écoutez-moi un instant, si vous voulez me voir vivant. Ne m'abandonnez pas, je n'ai d'espoir qu'en vous et en Dieu.

Don Giovanni ouvrit la grille, le fit entrer, et, serrant ses mains tremblantes entre les siennes, lui dit : Assieds-toi sous les arcs près de Sainte-Cécile, et attends que Pasqua soit allée se coucher. Surtout ne fais pas le moindre bruit, elle a l'oreille fine, et si elle t'entendait, elle mettrait la maison sens dessus dessous. Après avoir fait ces recommandations, il monta l'escalier et se trouva en face de Pasqua qui venait au-devant de lui, une lumière à la main et à moitié endormie.

— Il est assez tard, j'espère ? Vraiment, on dirait que ces gens-là ne peuvent mourir que la nuit ! Ils ne pensent pas que les prêtres ont aussi besoin de dormir. Entrez dans le salon, je trempe la soupe dans un clin-d'œil.

— C'est bien, Pasqua ; mettez en même temps sur la table le rôti froid, quelques tranches de mortadelle, des fruits, et couchez-vous bien vite, car il est assez tard.

Pasqua se dépêcha à servir son maître, et voulut ensuite raconter les aventures de la journée, dire comme quoi Silvestra et Léra, deux pauvresses, s'étaient prises aux cheveux parce que l'une croyait avoir moins reçu que l'autre ; et puis que Vincenzo.....

— Bien, bien, Pasqua ; à demain tout ceci, interrompit don Giovanni. Couchez-vous ; je vous répète qu'il est fort tard ; écoutez, voilà onze heures qui sonnent à l'horloge de la place. Allons vite, vite au lit.

Pasqua se retira en grommelant dans sa chambrette, qui se trouvait sous les toits.

Aussitôt que le bon ecclésiastique eut entendu la bonne monter l'escalier et fermer sa porte, il descendit sans bruit dans le cloître, appela Cencio, le fit monter avec lui dans le salon et lui demanda à demi-voix :

— As-tu soupé ?

— Non, Monsieur.

— Alors assieds-toi et soupons ensemble.

Le jeune homme mourait de faim, puisqu'il n'avait rien mangé depuis vingt heures ; aussi ce ne fut qu'après avoir avalé sa soupe, un verre de vin et une bonne tranche de veau rôti, que le curé avait mis sur son assiette, que l'on songea à entamer la conversation. Don Giovanni, le voyant un peu réconforté, prit alors la parole et lui dit :

— Eh bien ! Cencio, comment en es-tu venu là ? J'ai entendu dire que tu étais en Angleterre tenant une taverne dans George's street.

— Le monde le croit, mais le gouvernement sait bien que

Don Giovanni.   3

non. La preuve, c'est qu'étant arrivé chez ma mère ce soir à l'improviste, ma présence la rendit presque folle de terreur, et que, se jetant à mon cou, elle s'écria :

— Fuis, mon cher fils, tu ne peux rester ici ; bien souvent la nuit les gens d'armes viennent nous surprendre et font des recherches minutieuses dans toute la maison ; ils regardent jusque sous le lit, dans les caisses, partout enfin. Ceci a tellement effrayé ta sœur Rosine que depuis quelques mois elle est épileptique, la pauvre enfant! Malheur à toi s'ils t'attrapent, tu es un homme mort !

Alors je pris ma mère à part pour lui dire que j'avais l'intention d'avoir recours à vous, monsieur le curé, et que j'étais persuadé que vous trouveriez le moyen de me sauver. Elle y consentit, et, comme la nuit était sombre, je m'aventurai dans le petit chemin qui aboutit au clocher, je vous vis rentrer, et je m'écriai : C'est lui ! Dieu me vient en aide.

— Où as-tu été jusqu'ici? Comment n'es-tu pas tombé entre les mains des Français ou des Allemands?

— A dire vrai, les Français qui, à la prise de Rome, pouvaient facilement nous faire prisonniers, ne s'en donnèrent point la peine, et nous sortîmes de Rome avec Garibaldi au nombre de six mille hommes.

— Oui, et on a dit que sur votre passage ce n'était que vol et pillage.

— C'est vrai ; mais nous y fûmes obligés parce que personne ne voulait nous héberger. De sorte que, pour calmer la faim qui nous dévorait, nous entrions dans les maisons de vive force, mettant à sac les caves, le four, les poules et toutes les provisions.

— Si vous n'aviez pris que cela encore ! mais, après les provisions, vous emportiez les bestiaux que vous vendiez à vil prix au détriment des pauvres gens ; de plus, vous entriez dans les églises pour y commettre d'horribles sacriléges et voler les vases sacrés.

— Je ne puis le nier, monsieur l'abbé, mais croyez bien que nous comptions peu de ces scélérats parmi nous et que le plus grand nombre les méprisait.

— Et toi, comment en es-tu sorti ? Pauvre Cencio ! vois-tu ce qui t'est arrivé pour n'avoir pas voulu m'écouter ? Tu étais si bon, si modeste, si pieux avant ton escapade ; tu rendais ta mère si heureuse ! Et maintenant, la pauvre femme a épuisé toutes ses ressources pour te nourrir pendant ton séjour à Rome, et tu lui en sus gré en te perdant de telle façon qu'elle a dû renoncer à jamais te revoir.

Que voulez-vous que je vous dise, monsieur le curé, sinon que les jeunes gens sont souvent entraînés au mal par leur hardiesse jointe à l'ignorance du caractère humain et à l'inexpérience du monde. A l'université bien peu échappent à la contagion du mauvais exemple. C'était justement la première année de mes études que, par malheur, éclatèrent les troubles de 1848 ; je ne sus résister à l'enthousiasme général, et je partis avec les autres pour la Lombardie.

— Pauvres niais ! qui étiez si fiers de votre liberté, de votre indépendance, et qui avez fini par vous laisser mener comme des enfants.

— Soyez sûr que beaucoup d'entre nous n'ont pas tardé à se repentir de leur folie, en voyant tant de désordres et de brigandages. Mais, arrivés à Bologne, nous rencontrâmes le père Hugo Bassi qui nous harangua avec une si ferme conviction, qu'il ralluma notre enthousiasme éteint, et on se mit à crier de plus belle : *Vive l'Italie ! chassons les barbares.* Que faire ? j'étais dans le bal et il fallut danser. Qui m'aurait dit alors que ce père Hugo, qui nous poussait à l'action en pérorant et gesticulant comme un possédé sur l'escalier de San-Petronio, serait, un an et demi plus tard, condamné à mort à Bologne même, et qu'il me serait donné de voir ce fougueux orateur, à genoux sur le lieu du supplice, attendre le coup mortel avec résignation et prononcer en toute humilité des paroles de paix et de repentir.

— Eh ! quoi, tu as assisté à la mort d'Ugo Bassi ? Comment cela, puisque tu étais avec Garibaldi ?

Lorsque je retournais à Bologne, après avoir échappé comme par miracle à la flotte impériale qui nous assaillit en traversant l'Adriatique, je vis dans la gabare où je me trouvais, tout près de celle de Garibaldi, le père Ugo Bassi qui, pour échapper aux Allemands et par dépit du peu de succès de son entreprise, s'était enrôlé dans la bande de Garibaldi, avait endossé l'habit militaire, et portait le fusil sur l'épaule.

— Vois-tu à quoi expose une passion indomptée ? Voilà un prêtre appartenant à un ordre religieux éminent, qui se mêle à

un tas de bandits et vagabonde par toute l'Italie en habit militaire, parce qu'il n'a pas eu la force de mettre un frein à son
fol enthousiasme qui l'a conduit à sa perte.

— Pourtant il avait le cœur bon, et fut dans sa jeunesse-
pieux et vertueux. Il avait beaucoup d'esprit et une ardente
imagination ; par malheur, l'esprit chez lui n'était pas accompagné de bon sens, et, quoi qu'il eût en chaire une certaine-
réputation d'éloquence, on l'accusait de manquer de sagesse et
de gravité, car il était excentrique et bizarre dans ses actions
comme dans ses paroles.

— C'est vrai, et cela allait quelquefois si loin, que plusieurs
évêques refusèrent de le laisser prêcher dans leur diocèse. Mais
enfin, Cencio, comment se fait-il que tu le vis mourir ? Tu m'as
dit qu'il avait été fusillé sous le portique qui aboutit à la Chartreuse.

— En effet, le jour qui suivit ma rentrée à Bologne. je rencontrai un de mes amis avec lequel j'avais assisté à l'assaut de
Vicence. Nous allâmes nous promener hors de la porte de
San-Isaia ; à peine avions-nous traversé la route qui conduit
au portique de la Madone-del-Monte, que nous vîmes s'avancer
vers nous un groupe venant de la porte San-Felice ; il était composé d'une escouade de Hongrois, escortant deux prisonniers
portant l'uniforme de la légion romaine. Je sentis mon cœur
battre avec force lorsque je reconnus dans l'un des prisonniers
Ugo Bassi ; l'autre était le capitaine Livraghi, que j'avais rencontré au siège de Rome.

Nous les suivîmes jusqu'à la villa Spada, quartier-général

des Autrichiens ; après quoi, nous revînmes à Bologne tristes
et désolés. Je m'informai de tous côtés pour savoir quand et
comment Bassi avait été capturé, nul ne pouvait me le dire.
Enfin, dans la nuit, j'appris qu'il avait été surpris le 4 août
1849, dans une auberge près de Comacchio, mis sur une charrette, et conduit à Bologne. .

Ah! qu'ils ont dû souffrir, les malheureux ! car ils n'igno-
raient pas que le général Gorzghowski avait fait publier que
tous ceux qui seraient pris les armes à la main ou en état d'hos-
tilité contre les Allemands, devaient être punis de mort. Or,
Bassi et Livraghi se trouvaient justement dans ce cas-là.

— C'est ce qui arriva. Ayant été reconnus tous deux comme
appartenant à la bande de Garibaldi, ils furent, sans autre
forme de procès, condamnés à mort et envoyés à l'hôpital de la
Charité, où on mettait ceux qui devaient mourir par les armes.

Après qu'on lui eut annoncé qu'il devait être fusillé, on envoya à Ugo un prêtre pour le préparer à la mort; il le reçut
avec joie, fit une confession générale, et demanda l'extrême-
onction. Ces détails m'ont été donnés par don Gaëtano, le prêtre qui l'a assisté; et il m'a non seulement minutieusement
raconté tout ce qui s'est passé dans cette circonstance, mais
m'a donné par écrit la rétractation de Bassi.

— Comment, il a écrit son désaveu et on ne l'a pas publié ?
du moins je le suppose, puisque je ne l'ai lu dans aucun journal
et que je n'en ai jamais entendu parler. L'as-tu, Cencio ?

— Certes! et je le conserve précieusement, car je lui dois
ma conversion.

— Comment a-t il été amené à cela? J'en ressens une joie immense, veux-tu me le raconter?

— De grand cœur. Après s'être confessé et avoir reçu l'extrême-onction, il demanda une feuille de papier pour écrire ses dernières volontés, ainsi que le désaveu de sa conduite. Comme il n'y avait dans la prison ni plume ni papier, don Gaëtano prit un crayon qu'il avait dans sa poche, et écrivit sous sa dictée, sur la première page de son Bréviaire. Bassi déclara ensuite avoir la ferme volonté de mourir en vrai chrétien, et demanda instamment que l'on voulût bien faire imprimer sa rétractation dans les feuilles publiques; il ajouta qu'il désirait faire savoir qu'il n'avait jamais pris part aux vols et assassinats commis par les bandes italiennes, et avait, au contraire, tout fait pour les réprimer lorsque c'était en son pouvoir. Après avoir dicté ces paroles, il donna ce qu'il possédait en argent comptant à don Gaëtano qui devait en faire dire des messes pour le repos de son âme; il laissa ses effets et ses papiers à sa sœur, donna une chemise à chacune des sentinelles, et fit vendre son manteau pour en distribuer l'argent aux pauvres. Après avoir pris ces dispositions, il se recueillit et se mit à prier en attendant la mort, calme, résigné et confiant dans la miséricorde divine.

— Je te le disais bien, Cencio, que Bassi avait une belle âme, et qu'il fut victime de son ardente imagination. Hélas! combien de jeunes gens sont entraînés de la sorte!

— J'ai su ce que je viens de vous raconter par don Gaëtano, mais j'ai été témoin oculaire de ce qui me reste à vous dire :

N'ayant pu fermer l'œil de la nuit, je me levai de bonne heure
et je voulus voir le dénouement de cette tragédie. Je m'ache-
minai en conséquence vers la porte San-Isaia, et, après midi,
je vis une foule de gens armés déboucher derrière le portique
de la Chartreuse. Vous savez que le versant du mont de la
Vierge-de-la-Garde est cotoyé sur une longueur de trois milles
par ce merveilleux portique qui aboutit à l'esplanade sur laquelle se trouve le sanctuaire de la madone protectrice de cette
ville illustre? Cette colline est parsemée de villas et de jardins
superbes. La villa Spada y domine au milieu d'une rangée
d'arbres qui la rafraîchissent de leur ombre; en descendant de
là, le pauvre Bassi tournait fréquemment la tête du côté de la
chapelle de la Vierge en récitant les Litanies et s'inclinant respectueusement chaque fois qu'il apercevait la coupole du temple béni, car la pente de la colline l'empêchait de le voir en en-
tier; aussi, lorsque arrivé en bas, il put enfin le découvrir, ses
yeux brillèrent de joie, et il s'écria le sourire sur les lèvres :

— *O Marie, mère des pécheurs, je meurs content puisque tu m'as pris sous ta protection !*

Après avoir prononcé ces paroles, il se remit en marche et
s'avança la tête haute vers le lieu du supplice d'où l'on voyait
en plein le sanctuaire dont il ne pouvait plus détacher les yeux.
Arrivé à l'endroit fatal, il se retourna de nouveau, et, fixant ses
regards du côté de la sainte Vierge, il lui envoya son dernier
soupir. Alors, baissant les yeux sur les assistants qui s'étaient
joints aux soldats, il dit d'une voix haute et ferme :

— *Je demande pardon à tout le monde, et je suis heureux*

de pouvoir mourir sous l'égide de la très-sainte Vierge Marie, espérant qu'elle voudra bien recevoir mon âme en paix.

Aucun de ceux qui étaient présents ne put retenir ses larmes ; les soldats eux-mêmes étaient émus. Le père Bassi s'agenouilla près de son compagnon ; un soldat s'avança pour lui bander les yeux, mais il s'y refusa énergiquement, disant qu'il était prêtre et qu'aucune main profane ne pouvait toucher à l'oint du Seigneur, et il pria son confesseur de vouloir bien se charger de ce soin. Les préparatifs terminés, il récita l'*Ave Maria* à haute voix ; lorsqu'il fut arrivé à ces paroles : *In horâ mortis*, la décharge partit, et il tomba sur le terrain. Les soldats s'agenouillèrent près de son corps pour réciter avec le prêtre le *De profundis ;* après quoi, ils mirent les deux cadavres sur une civière et allèrent les ensevelir.

Cette mort, monsieur l'abbé, fut le commencement de mon salut, car, en voyant ce pauvre Ugo mourir en invoquant si ardemment la protection de la sainte Vierge, je sentis mon cœur s'ouvrir au repentir, et je résolus de me réconcilier avec Dieu. Le lendemain, j'allai au sanctuaire de la madone de Saint-Luc, je fis ma confession générale et je communiai pour le suffrage de cette âme bénie.

A cet émouvant récit, don Giovanni versa des larmes d'attendrissement, et, s'adressant au proscrit, il prononça quelques paroles morales et bien senties qui lui furent inspirées par cette mort édifiante. Après cet élan généreux, il dit à Cencio à voix basse :

— Il est tard, il faut que je te conduise en lieu sûr et à l'abri
des soupçons; de ton côté soit prudent et patient. Nous allons
remplir un panier de provisions, car je prévois ne pas pouvoir
venir te voir demain avant la nuit. Tiens, prends les deux vo-
lumes de *Mes Prisons*, par Silvio Pellico, ainsi que la *Vie de
Jésus-Christ*, du père Cesari. Ces livres te feront passer le
temps utilement et sans ennui. Prépare-toi aussi, dans ta solitude, à une bonne confession ; demain soir, lorsque Pasqua sera
couchée, je viendrai de nouveau te chercher.

Après ces recommandations, ils enlevèrent tous deux leurs
chaussures, prirent chacun une lumière et descendirent les escaliers sans bruit. Don Giovanni mena son hôte dans un petit
appartement au rez-de-chaussée qui se trouvait dans la partie
la plus solitaire du cloître et où il venait l'été prendre le frais.

Ce logement donnait sur une partie du jardin ombragée par
un massif de lauriers touffus qui le protégeait contre les ardeurs du soleil et en faisait un séjour fort agréable. Il indiqua à
Cencio un réservoir posé derrière sa chambre à coucher, qui
était alimenté par la fontaine, et, en tournant un robinet, l'eau
coulait fraîche et limpide dans un bassin de marbre. Le lit était
prêt ; le digne curé ferma les fenêtres, souhaita le bonsoir à son
protégé et se disposait à partir lorsque Cencio, se tournant vers
lui, s'écria :

— Mon cher bienfaiteur, ne pourrai-je pas avoir le bonheur
de voir ma mère? Pauvre femme ! j'ai couru tant de dangers
pour la revoir qu'il me serait pénible de partir sans sa bénédiction et sans l'embrasser encore une fois.

— Nous verrons, répondit don Giovanni. Je ferai mon possible pour te satisfaire, mais n'oublies pas que tu es accusé
d'avoir pris part à la conjuration du 15 novembre 1848, et
condamné par défaut.

— Je vous jure, monsieur l'abbé, que je suis innocent sur
ce point ; je vous le prouverai demain.

IV

ANNETTE GARIBALDI

Le lendemain matin, don Giovanni s'étant, selon son habitude, levé de très-bonne heure, descendit à l'église pour remplir ses fonctions sacerdotales. Vers onze heures, ayant fini de
confesser, il feignit d'aller visiter des malades ; mais, après
avoir fait un détour pour ne pas être remarqué, il se dirigea
vers la maison de la mercière Teresa. Ne trouvant que Nunzia-
tina sa fille, il lui dit :

— Mon enfant, descends dans le magasin et prie ta mère de
monter, car j'ai besoin de lui parler ; surtout prends bien garde
que personne autre ne t'entende.

La petite fille lui baisa la main avec respect et descendit faire
sa commission.

Teresa était une femme de bon sens, active et énergique ;
elle avait su pendant son veuvage venir à bout d'élever sa petite
famille dans une modeste aisance, car sa boutique était très-
fréquentée par les gens de la campagne qui venaient vendre
leurs denrées au marché. Son magasin, très-bien fourni de
merceries variées et de bonne qualité, était le rendez-vous des
jeunes paysannes qui venaient, après le marché, faire provision
de rubans de toutes couleurs pour garnir leurs corsages, leurs
chemises ou leurs bonnets. Elle s'arrangeait très-bien avec ces
bonnes villageoises, à qui elle faisait crédit à l'occasion, ou
échangeait sa marchandise contre une mesure de blé, de haricots
et autres provisions de ce genre ; elle aimait aussi à leur rendre
service, leur faisait de temps à autre un cadeau et savait choisir
pour les fiancées ces mille petits riens nécessaires en pareille
circonstance ; elle aidait parfois celles qu'elle connaissait le
mieux à faire leur trousseau et à préparer leur parure de
noce.

Teresa était enfin la meilleure femme du monde, et don Giovanni, qui savait combien elle était vertueuse, raisonnable et
discrète, lui confiait bien des fois des missions fort délicates.
C'était elle qu'il chargeait d'arranger les dissentiments, d'empêcher les désordres, d'étouffer le scandale et de sauver l'honneur des familles. De son côté, le bon ecclésiastique mettait
tout en œuvre pour lui être agréable ; voyant que Cencio était
intelligent, il obtint pour faire face aux frais nécessaires à son
éducation, une somme sur les fonds réservés par la ville aux
jeunes gens pauvres qui veulent étudier la jurisprudence ou

la médecine. Le jeune homme, pendant qu'il demeurait chez sa mère et sous la direction de don Giovanni, était resté pieux et pur ; il fréquentait l'église, étudiait beaucoup, et était très-aimé de ses concitoyens, qui le considéraient comme un jeune homme donnant de grandes espérances ; aussi était-il accueilli avec bienveillance dans les meilleures maisons et réputé instruit, aimable, gai et modeste ; il avait de l'esprit, une âme franche et généreuse, et, de plus, était charmant poète.

Obligé d'aller à Rome pour terminer ses études à l'Université, il emporta des lettres de recommandation pour plusieurs prélats et autres grands personnages qui le reçurent parfaitement et l'aidèrent de leur protection, car ils le tenaient en grande estime. Ah ! s'il avait pu continuer à fréquenter de pareilles gens, que de malheurs n'aurait-il pas évité ! Mais à l'Université il fut en contact avec de jeunes étudiants exaltés, adroits à faire partager aux autres les idées qu'ils professent, et qui l'avaient peu à peu disposé à s'écarter du droit chemin pour entrer dans la voie politique qui l'avait perdu.

Mais retournons à don Giovanni et à Teresa qui, toute triste de l'arrivée de son fils dans un moment si critique, craignant à chaque instant son arrestation, et ne sachant s'il avait passé la nuit hors des atteintes de la justice, s'empressa de monter chez elle aussitôt que sa fille lui eut annoncé la visite du curé. Ce dernier, en la voyant entrer, vint joyeusement à sa rencontre et releva son courage en lui disant immédiatement :

— Teresa, consolez-vous, Cencio est en lieu de sûreté.

— Où a-t-il donc passé la nuit? Mon Dieu! quelle cruelle situation pour une pauvre mère! Je revois mon fils unique après une absence de plusieurs années, et, au lieu de jouir de sa présence, je suis obligée de le chasser de la maison brusquement et presque en colère! Quelle affreuse nuit j'ai passée, monsieur l'abbé! quelle peine, quelle agonie! que de larmes j'ai versé sans espoir et sans consolation!

— Tranquillisez-vous, Teresa, Cencio est..... Mais chut..... pour l'amour de Dieu!...., Cencio est chez moi, vous dis-je, dans un endroit que personne ne soupçonne, et nous avons soupé ensemble hier au soir.

— Grand Dieu! comment empêcher Pasqua de répandre la nouvelle par toute la paroisse? la journée ne se passera certainement pas sans qu'il soit arrêté.

— Et c'est à moi que vous parlez ainsi? Pour qui me prenez-vous, Teresa? Non-seulement Pasqua ne l'a pas vu chez moi, mais elle n'en sait et n'en saura jamais rien. Votre fils est renfermé dans le cloître, près de sainte Cécile, derrière les petites arcades; il occupe mon logement d'été; aujourd'hui, à l'heure du dîner et pendant que tout le monde sera à table, vous viendrez le voir; regardez bien autour de vous avant d'entrer, quoique je sois bien sûr que vous ne rencontrerez personne. Approchez-vous de la porte, frappez discrètement, et Cencio, qui vous attend, vous ouvrira; jouissez de sa présence aussi longtemps que vous le voudrez, et de façon à satisfaire votre amour maternel.

Teresa n'eut garde de manquer au rendez-vous, et les choses

se passèrent ainsi que le bon prêtre l'avait prévu, à la grande joie de la mère et du fils.

La nuit venue, Pasqua vint demander à son maître s'il désirait souper; celui-ci lui répondit : Mettez la table pour les chapelains, et je crois que vous ferez bien de souper en même temps avec le garçon, j'ai beaucoup à écrire ce soir et ne souperai que fort tard; gardez-moi au chaud une bonne soupe, car j'ai un appétit de chasseur; conservez-moi, comme hier, un plat de viande et une salade. N'oubliez pas surtout de laisser la clef dans l'armoire.

— C'est sûr, reprit Pasqua de bonne humeur; ici il n'y a jamais d'heure fixe pour les repas, toujours de grandes écritures ou de grandes occupations qui viennent tout déranger. Qui est-ce qui en souffre, la santé de monsieur le curé, n'est-ce pas? Vivat pour l'après-minuit, eh? C'est convenu. Ah! don Gherardo est devenu très-vieux parce qu'il ne faisait point de sottises de ce genre; mais les prêtres d'aujourd'hui en font tant, qu'il n'y a pas de danger qu'ils vieillissent! Après cette tirade, elle alla préparer le souper des chapelains en continuant de marmotter entre ses dents.

Dès que le curé eut entendu cette fantasque mégère monter les escaliers et s'enfermer dans sa chambre, il alla, pour plus de sûreté, mettre le verrou de la porte du corridor qui communiquait avec son appartement, après quoi, il descendit dans le cloître pour aller chercher Cencio. Ils montèrent tous deux sans bruit dans le salon et se mirent à table. Don Giovanni servit la soupe, et, ouvrant l'armoire où Pasqua renfermait les

Don Giovanni.   4

restes du dîner, il y trouva un poulet bouilli ainsi que plusieurs autres morceaux choisis qu'il s'empressa de servir à son ami. A table, la conversation s'engagea, et le curé fit part à son hôte de ce qu'il avait appris sur son compte par le juge criminel. Il lui dit qu'il était accusé d'avoir prêté la main à l'assassinat du ministre Rossi, parce que, le jour avant le fatal évènement, il avait été vu en compagnie du fils de Cicernacchio, justement vers le fenil du Colisée, où les conjurés avaient résolu de commettre le crime.

— C'est vrai, reprit Cencio, ce jeune homme que je rencontrai par hasard, m'arrêta pour me reprocher ce qu'il appelait ma lâcheté en refusant de fréquenter la société du théâtre Capranica dont il faisait partie, et il cherchait à me persuader de réparer le temps perdu en y allant avec lui. Je m'en débarrassai en lui disant qu'ayant eu une fièvre tierce, les médecins m'avaient défendu de sortir le soir. Il parut se contenter de cette raison, et me laissa poursuivre mon chemin vers Saint-Jean-de-Latran, où j'allai attendre la voiture qui devait me conduire à Frascati.

— Ah ! tu étais donc à Frascati ce soir-là ?

— Non-seulement pendant cette soirée, mais, le jour suivant, je ne revins à Rome que dans la nuit du 16, lorsque l'échauffourée du Quirinal était déjà terminée.

— As-tu des témoins de ton séjour à Frascati ?

— Plus de dix, et je suis bien fâché de n'avoir pas appris plus tôt ce dont je suis accusé, ainsi que ma condamnation par contumace.

— Si ce que tu dis est vrai, donne-moi par écrit le nom des personnes qui t'ont vu à Frascati dans cette soirée, et je me charge d'éclaircir cette affaire. Mais puisque tu es innocent, pourquoi t'exiler volontairement?

— Parce que l'on savait que j'étais de la bande de Garibaldi, et que le sort d'Ugo Bassi me mit sur mes gardes et me conseilla la prudence; il s'en est peu fallu, du reste, que je ne fusse arrêté avec Garibaldi lui-même près de Comacchio, pendant que je l'aidai à sauver sa femme.

— On raconte des choses étranges sur la mort de cette infortunée, et jusqu'ici on n'a rien pu savoir de certain là-dessus, tant les bruits qui courent à ce sujet sont contradictoires.

— Elle a eu une mort horrible. La pauvre femme a tant souffert que, si elle a offert à Dieu ses douleurs et s'est repentie de ses péchés, ce qu'il faut espérer, il lui aura été certainement fait miséricorde. Quoiqu'elle fût ardente, audacieuse e fière, elle avait, en bonne Espagnole, conservé la foi; aussi, malgré la vie nomade qu'elle menait, elle avait toujours su se conduire honnêtement et aimait bien sincèrement son mari. Je n'ai jamais vu une femme plus intrépide, plus déterminée que celle-là! Il fallait la voir dans sa robe courte s'accrocher aux aspérités des montagnes qu'elle gravissait avec la légèreté d'un chamois, et nous tenir tête dans les fatigues d'une marche forcée, à jeun, trempée par la pluie, quoiqu'elle fût sur le point de devenir mère.

— C'est justement cette incommodité, jointe aux frayeurs,

à la mauvaise nourriture et au manque de sommeil que l'on at-
tribue sa maladie.

— Oh ! non, monsieur le curé. Elle fut tuée par ce qui
nous arriva à Comacchio, et que je vais vous raconter : Arrivés
à Cesenatica, nous prîmes de force quelques barques et nous
naviguions le long du rivage de Cervia, lorsque nous rencontrâmes la flotte impériale qui croisait entre Magnaracca et Volano. Dans cette fameuse rencontre, nos tartanes furent détrui-
tes, excepté celle de Garibaldi qu'il réussit à engager dans les
lagunes qui n'étaient pas assez profondes pour permettre aux
vaisseaux allemands de le poursuivre. Mais son bateau s'étant
embarrassé dans les roseaux, il dut, pour éviter la grêle des
coups de fusils, se jeter avec nous hors de la barque et se cacher entre les joncs, les algues et autres plantes maritimes
très-abondantes en cet endroit. Ceci nous mit dans une situation bien plus mauvaise, car nous enfonçâmes jusqu'à mi-corps
dans ses eaux bourbeuses, et, ne pouvant plus retirer nos jambes de cette vase, nous avions peine à avancer. La femme de
Garibaldi, qui avait ses vêtements mouillés, collés sur le corps,
se sentait frissonner et engourdir par le froid ; son mari, désespéré, faisait des efforts surhumains pour la soutenir, mais elle
enfonçait toujours et avait de l'eau jusqu'au menton. Je ne crois
pas que dans les plaines du Brésil Garibaldi ait eu à essuyer
pareille épreuve. La pauvre Annita respirait bruyamment,
comme une personne qui se sent étouffer ; elle s'appuyait lour-
dement tantôt sur les épaules de son mari tantôt sur les miennes, qu'elle préférait, car étant plus grand, je la sou-

levais davantage. Souvent, après avoir poussé un profond soupir, elle s'écriait :

— *Ah ! cruz de Jerusalem ! Ah! santa Marta bendita !*

Son mari tâchait de la ranimer en lui disant de temps en temps :

— *Sois forte, Annita ! courage, Annita!*

Enfin, accablés de fatigues et d'angoisses, nous arrivâmes au *Casone della Chiavica di mezzo*, près de l'embouchure du Pô de Volano. Les bonnes gens qui y demeuraient allumèrent un grand feu, près duquel nous séchâmes nos habits, et nous fûmes un peu réconfortés par un morceau de pain et un bon verre de vin. Garibaldi était très-inquiet sur le compte de sa femme ; il la déshabilla pour faire sécher ses effets, et la mit au lit afin de la réchauffer. La pauvrette, dans ce long trajet, au milieu d'un air infect et d'eaux putrides, avait gagné une fièvre maligne accompagnée de symptômes mortels qui, en quelques heures, l'avaient privée de sentiment. Aussitôt que son mari se fut aperçu des rapides progrès et de la violence du mal, il devint furieux et se prit à maugréer en courant dans la chambre comme un fou. Il s'approchait souvent de la malade, lui donnait à boire, et lui disait tendrement :

— Ce ne sera rien, Annita ! tu iras mieux bientôt ; regarde-moi, je suis ton Peppe !

Elle ouvrait les yeux, poussait un gémissement et ne remuait point.

En attendant, le général envoya, sans perdre de temps, un messager à Comacchio pour annoncer à ses amis son arrivée et les prier de lui envoyer du secours, ce qu'ils firent immédiatement. Plusieurs d'entre eux vinrent rejoindre le général, d'autres envoyèrent des hommes pour l'escorter en lieu sûr. Ceci nous permit de remonter en bateau le canal de la *Chiavica* jusqu'au Pô de Reno ; arrivés là, nous trouvâmes une calèche que l'on nous avait envoyée de Saint-Alberto, petite ville située entre le port de Primaro et le Lamone. Nous étendîmes un matelas sur le brancard et nous y couchâmes notre malade, qui n'avait pas encore repris connaissance, et était plongée dans un sommeil qui ressemblait à un évanouissement, tant la fièvre était ardente. Garibaldi l'enveloppa dans un châle qu'on lui avait envoyé, ainsi qu'une ombrelle, qu'il tenait au-dessus de sa tête, pour la garantir du soleil brûlant du mois d'août qui nous rôtissait la cervelle. Ainsi équipés, nous nous remîmes en marche, choisissant le meilleur chemin afin d'éviter les cahots et les soubresauts que la malheureuse ne pouvait supporter.

Craignant de rencontrer les impériaux qui parcouraient la campagne, nous marchions avec précaution, regardant de tous côtés pour ne pas être surpris par une patrouille ou une sentinelle en vedette, et nous avancions péniblement, accablés par la chaleur et brisés de fatigue.

Garibaldi ne quittait jamais la pauvre Annita ; d'une main il tenait l'ombrelle, tandis que de l'autre il essuyait la transpiration qui baignait le visage de la malade, ainsi qu'une écume jaunâtre et visqueuse qui sortait de sa bouche et indiquait l'approche de la mort. Il lui disait les choses les plus affectueuses qu'elle n'entendait point, tant son insensibilité était complète.

Seulement, en traversant un fossé et malgré toutes nos précautions, nous ne pûmes empêcher une secousse si violente qu'elle en fut tout ébranlée ; elle ouvrit les yeux, regarda son mari, et lui dit :

— *Peppe, qu'y a-t-il? Où me traînes-tu ?*

— Je suis ici près de toi, ma chérie, répondit son mari ; courage, Annita.

— *J'ai soif*, ajouta-t-elle.

Garibaldi sentit son cœur se briser, car il était impossible de trouver une seule gorgée d'eau buvable dans cet endroit ; il n'avait pas même une orange, une prune à lui donner, et aucun fruit ne croissait dans ces lieux sauvages.

— *Patiente encore un peu, mon Annita,* dit-il à sa femme en essuyant furtivement une larme ; *sois tranquille, nous trouverons bientôt un asile où tu pourras avoir ce qu'il te faut.*

La malade le regarda, ses poings se crispèrent, elle grinça des dents et referma les yeux.

Au même instant, nous aperçûmes trois jeunes gens qui faisaient la chasse aux cailles. Etonnés de voir une voiture dans ces champs déserts, ils s'en effrayèrent et prirent la fuite en emportant leurs engins de chasse. Le cocher nous dit alors que probablement il y avait une ferme dans le voisinage, et que les chasseurs devaient sans doute s'y rendre. Il ne se trompait point, car, après avoir passé deux allées d'aunes, nous aperçûmes les toits d'un groupe de maisonnettes, puis un château et, plus bas, une ferme.

Nous avions tellement fait détour sur détour dans notre pénible voyage, que nous n'étions qu'à treize milles de Ravenne, et, ce que nous apprîmes plus tard, dans la propriété du marquis Guiccioli. Ayant fait halte près de la ferme, nous vîmes arriver nos trois chasseurs qui étaient venus la veille de Ravenne pour rendre visite au fermier. C'étaient deux frères et leur cousin. Les deux frères nous regardèrent attentivement, et l'un d'eux reconnut Garibaldi, qu'il avait rencontré à Ravenne l'année précédente. Cette découverte l'effraya, et il était sur le point de se retirer avec ses compagnons dans la maison, lorsque le général, s'avançant vers lui, dit avec tristesse :

— Pardon, monsieur, êtes-vous le maître de cette maison ?

— Non, répondit-il, nous sommes des amis du fermier venus pour lui rendre visite ; il n'est pas chez lui en ce moment, il est allé à Ravenne, car c'est samedi et jour de marché, de sorte qu'il ne retournera pas avant la nuit.

— Voudriez-vous, monsieur, reprit Garibaldi, avoir la bonté de faire donner un verre d'eau à cette infortunée qui meurt de soif?

— De suite, répliqua le jeune homme ; et, ayant regardé la malade, il ajouta : Oh ! cette pauvre dame est bien mal ! Voulez-vous que nous fassions appeler le médecin? Il doit être dans la maison, auprès de la fermière, qui est malade aussi. Il fit un signe à son cousin, qui alla chercher l'eau et le médecin.

En attendant, la pauvre femme était toujours sur la voiture, pâle, décomposée, les cheveux en désordre, la poitrine oppressée, les dents serrées, les yeux languissants et à demi-éteints. Son mari continuait à essuyer son visage et sa bouche, la regardant tristement et à moitié fou de douleur.

Peu d'instants après, le médecin arriva accompagné du jeune Ravennais qui portait une carafe d'eau. Le médecin examina Annita avec attention, lui tâta le pouls, et, n'osant lever les yeux vers le mari, il dit :

— Ce n'est que trop vrai ! cette pauvre dame n'a plus qu'un souffle de vie. Il approcha le verre de ses lèvres, mais il trouva les mâchoires si rigides et les dents si serrées, qu'il ne put introduire une seule goutte d'eau.

Garibaldi, désespéré, se retourna en gémissant vers les assistants, et s'écria :

— Qui veut m'aider, pour l'amour de Dieu, à l'enlever d'ici pour la transporter sur un lit ?

Un des trois jeunes gens entrelaça ses mains à celles du général de façon à former un brancard, et ils la soulevèrent doucement par la tête, pendant qu'avec un autre je faisais la même chose pour la soulever par les pieds. Nous la transportâmes ainsi à la ferme, où nous la déposâmes sur un lit avec mille précautions. A peine y était-elle que ses yeux devinrent vitreux, sa bouche s'ouvrit, et que les mèches de ses cheveux noirs retombèrent inertes et molles de sa tempe sur la joue gauche, où elles paraissaient collées. Le médecin qui nous avait suivis posa le doigt sur le pouls, il avait cessé de battre. Annita était allée dans un monde meilleur ! Le médecin se retourna lentement vers nous, et dit : Elle est morte.

A ces mots, qui lui apprenaient toute l'étendue de son malheur, Garibaldi fut frappé de stupeur, et, prenant son front à
deux mains, il se mit à verser d'abondantes larmes, que toutes
nos consolations ne purent arrêter. Ce premier accès de douleur passé, sans songer qu'il était proscrit et poursuivi à mort,
il voulut s'occuper à faire donner à sa femme une sépulture
convenable, et décida qu'on la transporterait à l'église de Ravenne afin qu'elle eût des funérailles solennelles. En attendant,
nous l'avions amené dans une autre chambre, où nous tâchions
de le consoler de notre mieux, lorsqu'un des garçons de ferme,
retournant de la ville, nous dit qu'il avait vu à travers champs
plusieurs détachements de soldats autrichiens à pied et à cheval,
ainsi qu'un grand nombre de carabiniers pontificaux rôdant
aux alentours.

Les gens de la maison, en apprenant ceci, firent remarquer
à Garibaldi qu'un plus long séjour parmi eux pourrait non-
seulement le faire tomber entre les mains de ses ennemis, mais
compromettre ses hôtes, d'autant mieux que le fermier était
absent et sa femme très-malade. A ces mots, le général sentit
le cœur lui manquer ; il fallait donc laisser en mains étrangères la pauvre défunte, la mère de ses cinq enfants, celle qui
l'avait fidèlement suivi dans les rudes campagnes de l'Uraguay,
du Brésil et de Montevideo ; dans la dangereuse traversée de
l'Atlantique, dans toutes les guerres d'Italie, et, en dernier
lieu, au long et sanglant siége de Rome!

Se voyant réduit par la nécessité d'abandonner sa femme sans
pouvoir lui rendre les derniers devoirs, il s'élança impétueuse-

ment dans la chambre où reposaient ses restes mortels, et se précipita sur le cadavre de celle qu'il avait tant aimée. Il lui ferma les yeux, arrangea ses cheveux, emporta comme souvenir quelques-uns des objets qu'elle avait portés pour les donner à ses enfants, et, après l'avoir embrassée à plusieurs reprises, il lui dit son dernier adieu ; après quoi il descendit tristement les escaliers, non sans avoir de nouveau recommandé aux jeunes gens de la faire enterrer décemment.

Il était à bout de forces et demanda un morceau de pain avant de partir ; on lui apporta de quoi se réconforter, précaution que nous avions déjà prise pour notre propre compte. Garibaldi mangea un peu, mit le reste dans sa poche, remercia cordialement ces braves gens, et nous partîmes à travers champs, guidés par un jeune garçon qui connaissait très-bien les chemins de traverse. Lorsque nous nous mîmes en route il faisait déjà sombre, de sorte qu'après quelques heures nous nous trouvâmes dans une obscurité complète et marchant à l'aventure dans ces landes incultes et désertes. Tout à coup nous entendîmes le piétinement de plusieurs chevaux qui s'a-vançaient vers nous. A ce bruit, il y eut un sauve qui peut général, et c'est là que je perdis la trace de mes compagnons, que je sus ensuite s'être réfugiés en Toscane.

Pendant que j'étais encore à Bologne, je rencontrai un habitant de Ravenne qui me raconta qu'après notre départ de la villa Guiccioli, le fermier étant revenu du marché, on l'informa de ce qui venait de se passer ; lorsqu'il apprit que des soldats autrichiens et pontificaux rôdaient dans le voisinage, il eut peur d'être inquiété et résolut de faire disparaître le corps de la pauvre Annita. A cette fin, il appela un meunier de ses voisins, lui fit porter le cadavre sur une charrette avec recommandation d'aller l'enterrer dans la campagne, aussi loin que possible de la ferme. Je ne sais si ce fut la peur d'être surpris qui fit le meunier tant se hâter, ou tout autre motif resté inconnu ; ce qu'il y a de certain, c'est qu'il l'ensevelit sous une si mince couche de sable que, quelques jours après, des paysans passant de ce côté, trouvèrent le cadavre d'une jeune femme nouvellement enterrée, la tête à moitié dehors, une main crispée dans les cheveux, l'autre bras presque à découvert et les doigts rongés par les chiens ou autre animal sauvage. Ils avertirent le curé de Primaro qui, à son tour, en donna avis aux autorités de Ravenne, qui obligèrent le tribunal de Saint-Alberto à envoyer sur les lieux le médecin de la ville et le chancelier afin de tirer au clair ce mystère. En faisant l'autopsie, on trouva que la pauvre défunte était grosse de cinq mois et avait succombé à une fièvre pernicieuse.

— Cencio, dit don Giovanni, ce que tu viens de me raconter a plus l'air d'une élégie que d'une histoire vraie. Es-tu bien sûr de l'avoir vue mourir ? Car, d'après ce que tu dis, je soupçonne que la malheureuse a été enterrée vivante.

— Que voulez-vous que je sache ? Le médecin de Saint-Alberto, qui était à la ferme, déclara qu'elle était morte, et Garibaldi la pleura comme telle.

— On fit beaucoup de bruit à Ravenne au sujet de ce tragique évènement ; il y en a même qui ont prétendu que Garibaldi, fuyant avec sa femme malade, étendue sur une voiture, entendit le son du tambour du côté de Saint-Alberto, et que, ne voulant pas la laisser vivante entre les mains des ennemis, il aima mieux l'étrangler. On va même jusqu'à dire que le cadavre retrouvé portait autour du cou la marque de la corde dont son mari s'était servi pour la tuer.

— On a dit tant de choses ! mais voici un fait qui démontre d'une manière irrécusable la fausseté de pareilles assertions. Lorsque l'on arrêta le fermier, accusé d'avoir aidé à la fuite du général, il fut aussitôt remis en liberté, parce qu'il put prouver n'avoir point été chez lui dans ce moment. Ceci fait voir que Garibaldi s'est arrêté dans cette maison, et que c'est là que sa femme est morte, car s'il l'avait étranglée, il aurait préféré l'ensevelir lui-même dans la campagne plutôt que de là transporter à la villa, au risque d'être capturé.

— Ton raisonnement me persuade, mais il n'en est pas moins vrai que la pauvre femme a cruellement souffert et que ton récit m'a fort impressionné. Néanmoins je me réjouis de voir que les tristes événements dont tu as été témoin ont touché ton cœur et t'ont donné le désir de te réconcilier avec Dieu. Prépare-toi donc à te confesser demain matin.

— J'en ai grand besoin, M. le Curé, car depuis la confession générale que je fis dans l'église de la Madone de Saint-Luc, j'ai mené une vie horriblement agitée. En partant de Bologne, après avoir reçu quelque argent de mes amis, je me retirai en Toscane ; de là à Gênes, puis en Piémont, où je vivais parmi lı proscrits pour avoir les vingt sous par jour que nous allouait l'Etat.

— Par conséquent, tu recommenças à fréquenter tous ces bons sujets de la Constituante romaine?

— Certainement. Il me fallait, de plus, feindre un libéralisme dont j'étais profondément ennuyé, et supporter la société de ces perpétuels conjurés.

— Et tu ne t'es plus confessé depuis?

— Je l'ai fait quelquefois en cachette, car malheur à moi si on l'avait su ! Voyez à quoi j'en suis réduit. Aidez-moi, je vous en supplie, sans quoi je serai obligé de me jeter de nouveau en désespéré dans cette existence de désordre et de mensonge.

— Ecoute, Cencio, tu partiras demain soir, je t'ai procuré un passeport. Conduis-toi en bon chrétien, prépare-moi les preuves de ton innocence, sans oublier qu'elles doivent être parfaitement véridiques, car on ne trompe point l'œil de la justice, et, si tu es réellement innocent, j'agirai et mettrai tout en œuvre pour obtenir ta grâce..... Mais, chut !

V

LES ENFANTS TROUVÉS

Une noble et riche dame allait l'été en villégiature dans une belle maison, à trois milles de la ville. Elle était si aimable, l'endroit qu'elle habitait si agréable et à si peu de distance, qu'elle recevait fort souvent les visites de ses amies qui venaient en voiture passer quelques moments chez elle pour se distraire. Elles se promenaient dans le jardin, sous un berceau de jasmin et devisaient ensemble sur les nouvelles du jour, pendant que leurs maris s'amusaient dans le bosquet ou dans le verger qui s'étendait le long d'un superbe bassin. Il était rempli dans le milieu d'arbres fruitiers, tandis que les côtés étaient ombragés par des buissons de lauriers et de noisetiers.

Par une belle journée du mois de septembre, anniversaire de sa naissance, la maîtresse de la villa donna une fête à ses parents et amis, qui se rendirent avec empressement à son aimable invitation, dans leurs voitures de gala, qui vinrent se ranger dans une longue file autour du parc oriental.

La noble dame recevait tout le monde avec un visage souriant, sous la voûte de verdure du berceau embaumé ; elle faisait asseoir les dames sur les bancs où on leur servait des rafraîchissements, tandis que les hommes se tenaient debout derrière elles, absorbant quantité de gâteaux, riant, babillant et faisant un accueil bruyant à chaque nouvel arrivant, qui, après avoir salué la maîtresse du logis, faisait chorus dans la gaieté générale.

Les poètes improvisaient des madrigaux ou des ballades pleins de lazzis et d'allusions bouffonnes ; les lions à la mode tenaient leur chapeau sous le bras et lançaient de temps en temps une plaisanterie ou un bon mot plus piquant que le champagne pétillant dans leurs verres ; les fashionnables à l'anglaise portaient des toasts entremêlés de hurras ; les bons Itallens criaient de tout cœur : *Evviva ! Cent de ces jours !* et les vieillards se contentaient de s'incliner en disant un laconique *prosit*, après lequel ils s'asseyaient de nouveau pour avaler deux ou trois glaces. Pendant ce temps les domestiques, en grande tenue, servaient aux invités toutes sortes de rairaîchissements sur des plateaux et dans des vases d'or et d'argent.

Tout à coup les regards se fixèrent sur l'allée des roses, qui aboutissait à l'entrée du berceau où les convives étaient réunis, et d'où l'on voyait approcher, dans cette direction, une femme de haute stature, d'une tournure majestueuse et distinguée.

— Oh ! quel est donc ce vaisseau qui s'avance ainsi à voiles déployées? dit une petite femme, maigre et louche.

— C'est pour sûr la duchesse Eléonore, répondit la gracieuse comtessina Argenide.

— Allons, mes toutes belles, reprit une autre dame affligée d'un remarquable embonpoint, vite, vite, croisez vos châles, car voilà sœur Modeste qui arrive. Grand Dieu ! le corsage de ses robes est si montant, qu'il lui arrive jusqu'au menton. Quelle insigne hypocrisie !

Nul ne fit attention à ces sottes et impertinentes remarques, car la duchesse était par sa beauté, sa dignité et ses vertus, estimée et admirée de tout le monde, et ceux qu'elle voulait bien honorer de son amitié, s'en trouvaient très-flattés. Elle s'avança avec un visage gai et souriant vers la maîtresse de la maison, qu'elle baisa au front après lui avoir adressé ses félicitations. Elle se retourna ensuite vers la société avec un doux sourire, et dit d'un ton d'aimable familiarité :

— Messieurs et dames, je n'ai pas voulu manquer de venir aujourd'hui féliciter ma chère Rosine, qui est aussi vertueuse et aimable que bonne et spirituelle; en même temps, comme l'automne vient de commencer et que j'aime beaucoup la chasse, je me suis proposée de venir oiseler dans son jardin, et je ne serai satisfaite que lorsque mes filets seront pleins.

— Vous êtes la plus séduisante chasseresse qui soit au monde, dit la baronne Cornélia, et vos filets s'empliront de tous les cœurs que vous subjuguez par vos charmes irrésistibles.

— Très-obligée de l'épigramme, ma bonne Cornélia ; ce n'est pas la chasse aux grives, aux alouettes et aux chardonnerets que j'entends faire aujourd'hui, mais aux bourses ! Comprends-tu, ma belle, aux bourses ! Et vois combien je suis gloutonne ! non-seulement aux bourses, mais aux anneaux, aux bracelets, aux broches, sans faire grâce même à tes belles boucles d'améthyste qui te vont si bien.

— Oh ! doucement, duchesse ; retirez vos mains, je vous prie ; vous agissez absolument comme les bohémiennes qui vous dépouillent pendant qu'elles vous disent la bonne aventure.

A cette saillie, toutes les dames se mirent à rire et criaient, en portant vivement la main aux oreilles : Prenez garde ! prenez garde ! surtout toi, Agnesina, tiens bien tes deux gros brillants, tu es perdue si la duchesse te prend dans ses serres. Après cet échange de plaisanteries, la belle voleuse s'assit, entourée de toutes ces dames, qui s'étaient rangées sur des bancs en face ou à côté d'elle, et des hommes qui s'étaient placés derrière pour mieux entendre ce qu'elle allait raconter. Elle jeta un doux regard à la société, et dit :

— Trêve de railleries, mes belles amies ! Je viens à vous, que je savais réunies ici à l'occasion de la naissance de Rosine, pour faire appel à votre charité.

Je suis de la paroisse de Sainte-Cécile, desservie par un curé admirable, qui s'appelle don Giovanni. Un soir de la se-

maine dernière, le sacristain, après avoir rempli les lampes du
sanctuaire, couvert les autels et préparé les burettes pour la
messe du lendemain, prend son trousseau de clés et descend
dans le milieu de l'église, en les secouant et criant à pleins
poumons : *On ferme !* Arrivé près d'un banc, il aperçoit dans
l'ombre je ne sais quoi de blanc qui attire son attention ; il
s'approche, et voit deux gentils petits garçons âgés de deux et
quatre ans. Le plus petit des deux dormait profondément, la
tête appuyée sur les genoux de son aîné, qui passait une de ses
mains dans les boucles blondes du dormeur, pendant qu'il tenait de l'autre un scarabée, qu'il s'amusait à faire grimper sur
ses doigts.

Le sacristain se plaça devant eux, et leur dit :

— Qui êtes-vous ?

— *Er ist mein bruder* (c'est mon frère), répondit l'enfant.

— Que dis-tu ? reprit cet homme, qui ne comprenait pas un
seul mot d'allemand. En ce moment, le petit se réveilla, et, se
trouvant dans l'obscurité, avec un visage renfrogné devant lui,
il se mit à pleurer à chaudes larmes. Le sacristain lui dit de se
taire ; mais, au son de cette voix rude et forte, l'enfant se prit
à crier de plus belle en cachant sa tête sur les genoux de son
frère.

Le pauvre homme, embarrassé, regarda de tous côtés pour
voir s'il ne découvrirait point, agenouillé devant un autel, quelqu'un qui pût venir réclamer ces deux petits êtres. Ne voyant
personne, il secoua ses clés avec plus de force, en criant de
nouveau : On ferme. Mais en vain, le plus grand silence ré-

gnait dans l'église, et on n'entendait que les cris perçants de
l'enfant. Que faire? Le bon Sperandio (ainsi se nomme le sacristain) prend le plus petit sur son bras, donne la main à l'autre, et sort de l'église dans l'espoir que leur mère viendrait les
chercher. Il commençait à faire nuit, et personne ne se présentait; il interrogea l'aîné des enfants, mais il n'en obtint que
quelques mots qu'il ne comprenait point. Ce ne sont pas des
Italiéns, disait Sperandio à part soi, il me semble qu'ils par-
lent allemand; qui a donc pu les amener ici? pourquoi les a-
t-on laissés justement à Sainte-Cécile? On connaît si bien la
bonté de notre respectable curé, que tout le monde vient chez
nous. C'est Pasqua qui va nous faire un bel accueil!

Pasqua, ajouta la duchesse en interrompant son récit, est la
cuisinière de don Giovanni, le factotum du presbytère. Quoique bonne et ayant le cœur tendre, elle est atrabilaire et brusque au possible. mais une fois le premier accès de colère passé,
elle redevient douce comme un mouton. Le sacristain, las d'attendre sans résultat, ferma l'église et s'achemina avec les deux
marmots vers la sacristie, juste au moment où don Giovanni
faisait sa génuflexion devant l'autel.

— A qui appartiennent ces enfants, Sperandio? demanda-t-il?

— Qui le sait? répondit cet homme un peu confus; je les ai
trouvés à l'église, sur un banc, j'ai attendu jusqu'ici qu'on
vînt les chercher et je n'ai vu personne.

En arrivant dans la sacristie, don Giovanni se mit à examiner les deux chérubins aux cheveux blonds et aux yeux bleus

qui lui tombaient du ciel, et conclut, qu'à en juger par la finesse de leur linge, la propreté et la recherche de leurs vêtements, ils devaient appartenir à des parents fort riches. Il prit le plus petit des bras de Sperandio, et la pauvre créature lui jeta les bras autour du cou en l'embrassant; le bon prêtre, tout ému, prit l'autre par la main, et, faisant passer Sperandio devant lui avec une lumière, il se rendit chez lui. Arrivé dans sa chambre, il appela Pasqua et lui dit :

— Je vous amène deux petits anges qui ont besoin d'une mère, voulez-vous leur préparer un lit dans votre chambre?

— Je ne veux personne dans ma chambre, répondit le grognon, vous pourriez tout aussi bien ouvrir un hospice d'enfants trouvés au lieu de m'en amener tous les jours comme vous le faites ; que voulez-vous que j'en fasse?

— Eh bien ! Pasqua, puisque vous le prenez ainsi, mettez deux canapés dans ma chambre, je les garderai chez moi.

— Non, non, il ne vous manquerait plus que de vous faire père nourricier! donnez-les-moi, je m'arrangerai pour les caser. Ces prêtres..... il y a toujours du nouveau avec eux..... Voyons, donnez-les-moi, vous dis-je. Comme ils sont beaux ! le petit me regarde, il me prend probablement pour sa mère. Ah! les pauvrets, comme ils sont maigres, pâles, les lèvres décolorées! Qui sait depuis combien de temps ils n'ont rien mangé?

En disant cela, elle les conduisit à la cuisine, prépara une bonne soupe et deux œufs frais, accompagnés de plusieurs tranches de pain, que les enfants firent disparaître en un clin d'œil. Elle fit ensuite un petit lit dans une chambre contiguë à la sienne, puis alla avertir son maître que tout était prêt.

Dans cet intervalle, le bon ecclésiastique s'étant aperçu que les deux petits garçons étaient allemands, demanda à l'aîné, dans cette langue qu'il avait étudiée dans sa jeunesse, quel était le nom de ses parents. Il ne put rien apprendre de lui, sinon qu'il s'appelait Albert et son jeune frère Oscar. Lorsque Pasqua vint avertir que le lit était fait, il prit Oscar dans ses bras, donna la main à Albert et les conduisit dans leur chambre, où il resta pendant que la servante les déshabillaient. Ils étaient très-propres, et leurs vêtements étaient dans un ordre parfait; on trouva dans la poche des pantalons d'Oscar des bigoulets que sa mère y avait mis pour enrouler ses cheveux le soir, et, dans le gilet d'Albert, une brosse à dent ainsi qu'une paire de ciseaux à ongles.

En débouclant la ceinture d'Oscar, un papier s'échappa de sa blouse sans que Pasqua le remarquât. Don Giovanni, qui l'avait vu tomber, le ramassa, s'approcha de la lumière, et y lut ces quelques lignes écrites en français :

La plus infortunée des mères recommande ces chers objets de son amour à la charité des œuvres pieuses. Ah! si c'est une mère qui veuille bien les recueillir, je la bénis mille fois et lui souhaite autant de bonheur que mon cœur ressent d'angoisses.

— Ah! c'est moi qui prendrai Oscar, s'écria la comtessina Argenide; pauvre enfant abandonné !

— Et moi Albert, ajouta la marquise Clélia. Oh ! pauvres petites créatures !

— Pauvre mère ! devriez-vous dire, cria d'une voix suffoquée par l'émotion le comte Leonardo, gentilhomme d'un certain âge et ancien colonel de cavalerie. C'est la mère qu'il faut plaindre, vous dis-je ; qui sait de quelles tortures son cœur est déchiré, la pauvre femme !

Pendant le récit de la duchesse Eléonore, tout le monde avait écouté avec la plus vive attention ; mais, lorsqu'elle en fut arrivée à l'épisode du billet trouvé sur un des enfants, pas un œil ne resta sec.

— Allons, continuez, duchesse, dit une dame nommée Clarisse, avec attendrissement. A-t-on retrouvé leur mère ? les enfants sont-ils chez vous ou bien chez don Giovanni ? Un vrai serviteur de Dieu, celui-là !

La duchesse reprit :

— Le lendemain matin, après la messe, le bon prêtre monta chez les enfants qui dormaient encore profondément ; il les bénit et recommanda à Pasqua de faire leur toilette aussitôt qu'ils seraient réveillés, puis de leur donner à déjeuner. Ayant ainsi pourvu au bien-être de ses protégés, il alla chez le commissaire de police, qui mit obligeamment ses agents en campagne, lesquels découvrirent, après quelques heures, le nom et la demeure des parents des deux enfants. Le digne curé se mit immédiatement en route vers la rue du Gallo qui lui avait été indiquée, monta plusieurs étages, et entra dans une mansarde où il trouva une jeune femme occupée à essuyer le visage baigné de sueur d'un homme qui paraissait gravement malade. La présence du prêtre troubla fortement les habitants de ce pauvre réduit ; la femme, immobile près du lit, rougissait de honte et n'osait lever les yeux. Don Giovanni rompit le silence en leur demandant en allemand, d'un air calme et doux, s'il n'était point chez les époux Hochemrau ?

— Oui, monsieur, répoudit la jeune femme timidement.

— Alors, reprit l'abbé, vous êtes la mère des deux jolis enfants qui s'appellent Albert et Oscar ?

— Ah ! monsieur, s'écria t-elle avec animation, ils sont donc chez vous ? ont-ils beaucoup pleuré ? Pauvres petits ! ils doivent avoir soupé ?

— Oui, ma bonne dame, non-seulement soupé et dormi, mais ils ont dîné avec moi il n'y a pas longtemps.

— Ont-ils demandé leur père et leur mère ?

— Le petit était à peine réveillé ce matin qu'il appelait maman à chaque instant ; Albert l'embrassait et lui répondait en lissant ses cheveux : Sois tranquille, je suis sûr que maman viendra bientôt nous chercher.

Pendant ce dialogue, le malade, qui regardait le bon prêtre en pleurant, lui dit d'une voix faible et émue :

— Que de bontés, cher monsieur ! Puis s'adressant à sa femme : Dis-moi donc, Adelinda, n'as-tu pas hier confié les enfants à Giuditta ?

— Vois-tu, cher Adolfo, répondit-elle confuse et embarrassée... Mais je te le dirai plus tard ; pour le moment, permets-moi d'aller avec monsieur dans la cuisine, j'ai une paire de bas

à lui remettre pour Oscar. En disant ces mots, elle fit signe à
don Giovanni de la suivre. Il comprit et entra avec elle dans
une misérable mansarde qui ne contenait qu'un fourneau, une
couchette, une chaise et un trépied. Elle ferma la porte, conduisit l'abbé dans le coin le plus reculé de la pièce, s'agenouilla
devant lui, et baisant ses mains qu'elle couvrait de larmes, elle
lui dit :

— Homme de Dieu, mes enfants sont-ils vraiment chez
vous ? Vous les avez trouvés dans l'église, n'est-ce pas ? Ah ! je
n'avais plus de pain à leur donner, et plutôt que de les voir
mourir de faim, je pris l'extrême résolution de les confier à la
charité des catholiques. Nous sommes protestants, il est vrai,
mais je sais que la Providence existe pour tous. Mon mari ne
sait rien ; je lui ai dit, pour expliquer l'absence des enfants,
que son état s'étant un peu aggravé, j'avais besoin de tout mon
temps pour le soigner, et que j'avais, dans ce but, envoyé les
petits chez Giuditta, la femme d'un négociant suisse, notre
voisine et notre amie.

Don Giovanni lui répondit tout ému :

— Madame, vos enfants que vous avez confiés aux mains de
la divine Providence ne périront point, et, lorsque les soins que
vous donnez à votre cher malade vous le permettront, venez les
voir ; voici mon adresse. En attendant, veuillez accepter ces
dix écus pour acheter du bouillon et des médicaments. Je vous
attends sans faute. En disant ces mots, il se dirigea vers la
porte, prit les bas d'Oscar, salua Adolfo et sortit.

Le récit de la duchesse devenait si émouvant, que plusieurs

de ces dames se rapprochèrent d'elle pour ne rien perdre de
ce qu'elle allait dire. Après un instant d'arrêt, la noble dame
continua ainsi :

—·Don Giovanni trouva cette mansarde dépourvue de tout ;
on y voyait un extrême dénuement contraster avec une exquise
propreté, la tristesse avec le calme héroïque du visage d'Adelinda, qui s'efforçait de cacher à son mari les mortelles inquié-
tudes qui la torturaient. Adelinda est une jeune femme de
vingt-sept ans, ses traits sont sympathiques, elle a un air doux
et modeste, une taille svelte et distinguée, et des manières pleines de noblesse et de dignité. Adolfo a près de quarante ans,
et, quoique malade, pâle et décharné, son visage a conservé
l'empreinte d'une certaine grandeur jointe à une noble fierté.
Don Giovanni y lut facilement la résignation d'un homme qui
a la conscience de n'être point tombé par sa faute.

Il y avait dans la chambre du malade et tout près de son lit,
une petite table ronde où Adelinda posait la broderie à laquelle
elle travaillait en tenant compagnie à son mari. Notre bon curé
fut émerveillé de voir régner dans ce pauvre réduit tant de propreté, d'ordre et de symétrie. Le buffet, sur lequel se trouvait
une tasse en porcelaine dorée et deux fioles, était couvert d'un
linge éclatant de blancheur. La chambre elle-même était bien
aérée et parfumée, et la toilette d'Adelinda aussi soignée que si
elle avait eu une femme de chambre à son service.

De plus, il y avait, piqués à un cordon tendu le long des murs,
plusieurs pastels et aquarelles, et, dans un cadre d'ivoire entouré d'ébène, le portrait en miniature des deux époux. Adolfo

y était représenté en robe de chambre, tandis qu'Adelinda y était splendidement parée ; un bandeau de perles retenait ses cheveux, un bracelet orné d'émeraudes entourait son bras, et une broche, mêlée de rubis et de diamants, était posée sur sa poitrine. On voyait que ce portrait était celui d'une femme dans une brillante position de fortune. Sous les miniatures, les deux enfants étaient dessinés au crayon rouge grandeur naturelle. Ces restes d'un luxe éteint contrastaient péniblement avec la nudité et la pauvreté du reste de l'ameublement.

Vers le soir, Pasqua vint avertir son maître qu'une dame étrangère l'attendait dans le salon.

— J'y vais de suite, répondit-il. Mais, dites-moi, où sont donc les enfants ?

— Ils sont en train de goûter dans la salle à manger. Oh ! si vous saviez combien ce petit Albert est gentil ! je n'ai jamais vu un enfant aussi raisonnable ; il me parle toujours, et quoique je ne comprenne point l'allemand, je devine à ses gestes qu'il me remercie et me dit qu'il m'aime.

Don Giovanni entra dans son salon, où il trouva Adelinda qui vint respectueusement à sa rencontre ; il la fit asseoir et lui dit :

— Vos enfants goûtent en ce moment, nous les appellerons tantôt ; en attendant, si cela ne vous est point désagréable, racontez-moi quand et comment vous êtes venus dans notre ville.

— Il y a cinq mois, répondit la jeune femme. Mon mari était un des plus riches négociants de Hambourg, il faisait surtout le commerce des produits du Levant qui lui donnait de gros bénéfices. Malheureusement il lui survint des concurrents pour les soies venant de Chine, et, outre cela, la plupart de ses clients du nord de l'Allemagne furent à peu près ruinés par la longue lutte entre le Danemark et le Schleswig ; de sorte qu'il eut à essuyer de grandes pertes. Mais le dernier et le plus terrible coup porté à notre maison fut la prise, par les corsaires, de deux navires chargés l'un de poivre, canelle et clous de girofle venant de Java ; l'autre portant une riche cargaison de soie, pillé après avoir quitté le port de Macao, par les pirates qui désolent les pays situés sur les côtes orientales. Cette perte fut irréparable, vu que la cargaison des deux navires appartenait exclusivement à mon mari et valait au moins huit cent mille écus.

— De sorte que votre mari perdit, par ce fait, plusieurs millions de francs.

— Certainement, et voyez quelle chute ! nous vivions de la façon splendide que peut se permettre un riche négociant ; nous avions voitures, chevaux, maisons de campagne, un hôtel à Hambourg somptueusement monté, de la vaisselle d'or et d'argent et un nombreux domestique. Mon mari, qui est d'une probité et d'une délicatesse extrêmes, voulut satisfaire ses créanciers à tout prix ; il réalisa, dans ce but, ce qu'il possédait en valeurs réelles, puis vendit les propriétés, les meubles ; bref, il convertit en argent comptant tout son avoir afin de faire honneur à ses affaires.

Il avait, de mon consentement, employé ma dot pour payer

le chargement du navire venant de Java, de sorte que, après les comptes payés, nous restâmes sans la moindre fortune. Pourtant nous comptions encore sur un petit capital placé sur deux maisons de Paris, et mon mari résolut d'aller s'établir dans cette ville, espérant pouvoir, avec ces fonds, tenter une spéculation dans les entreprises de chemins de fer. Nous emportâmes ce qui me restait de bijoux et nous partîmes. Mais, en arrivant à Paris, nous apprîmes qu'une faillite avait ruiné nos correspondants.

— Que devenir ? Nous prîmes le parti d'aller à Palerme, où mon mari croyait pouvoir conduire une maison anglaise avec laquelle il avait eu des relations d'affaires. A peine arrivés en Italie, je tombai malade, j'avais une inflammation de foie, causée par l'excessive chaleur et les chagrins que je venais d'essuyer. Nous étions logés à l'hôtel, et les dépenses occasionées par ma maladie excédaient notre budget ; de sorte que, aussitôt que je pus me lever, nous allâmes demeurer dans un modeste appartement rue de la *Noce*, où j'eus une très-longue convalescence. Nous étions très-gênés ; toutefois, en engageant quelques-uns de mes bijoux, il nous fut possible de vivoter et de conserver un peu d'argent pour payer notre passage jusqu'en Sicile. A la veille de notre départ, mon petit Albert, en sautant dans la cour, posa étourdiment son pied sur un abreuvoir en pierre, tomba et se luxa la cheville droite ; il fallut appeler un médecin, qui la lui remit à grand peine, et il dut garder le lit très-longtemps.

Mon pauvre Adolfo, à bout de ressources, ne pouvait plus

suffire aux dépenses quotidiennes ; il se trouvait en pays étranger sans avenir, sans amis et sans espoir de trouver du travail. Il fut obligé de renvoyer notre servante, et, faible comme je l'étais, incessamment occupée de mon petit garçon, je dus encore faire l'ouvrage fatigant du ménage ; aller au marché, puiser de l'eau, cuisiner, laver la vaisselle et faire les lits. Malgré toutes ces économies, notre petit pécule diminuait de façon à ne plus pouvoir aller en avant ; par bonheur Adolfo, qui peignait très-bien, put s'arranger avec un marchand d'estampes, qui lui donna des images de saints à colorier.

Oh ! quelles ne furent pas mes souffrances en voyant mon pauvre mari, habitué aux grandes affaires commerciales, réduit à un semblable métier pour gagner péniblement le pain de sa petite famille qui, un an auparavant, nageait dans l'abondance.

Adolfo se levait au point du jour, et, pendant que j'appropriais sa chambre, il allait tirer deux ou trois seaux d'eau pour m'en épargner la fatigue, allumait le feu, faisait chauffer l'eau nécessaire aux compresses d'Albert, et se mettait ensuite assiduement à son ouvrage. Lui, fait à toutes les commodités de la vie, se privait maintenant de mille choses qui lui étaient devenues indispensables, et se contentait de la maigre chère qu'il se procurait avec tant de peine.

A la fin, nos ressources entièrement épuisées et n'ayant plus rien ni à vendre ni à engager, nous vivions exclusivement de son travail. Il ne sortait même plus pour prendre l'air, et restait cloué à sa table depuis le matin jusqu'à une heure avancée

de la nuit pour colorier ses saints. Il me disait quelquefois :
Vois-tu, Adelinda, notre religion nous défend d'honorer les
saints, et pourtant ce sont eux qui nous font vivre. Lorsqu'il
avait des madones à colorier, il y apportait un soin tout particulier, et, plus d'une fois, il fut tenté de les adorer, quoique ce
soit contraire aux dogmes de notre religion.

— Oh! soyez persuadée, madame, s'écria don Giovanni,
que la Mère de Dieu lui a tenu compte de ces élans de confiance
et d'amour; elle le lui rendra, j'en suis certain, elle a même
déjà commencé.

— Ah! je le vois, cher monsieur, puisque mes enfants sont
tombés entre vos mains.

Toutefois, mon pauvre Adolfo pliait sous le poids intolérable
de tant de fatigues et de soucis. Le soir, quand j'avais mis les
enfants au lit, je l'aidais à préparer ses couleurs pour le lendemain, et je mettais en ordre les images déjà coloriées et sèches;
mais, arrivé à une certaine heure, il me disait doucement :
Voyons, Adelinda, il est tard, va te reposer, tu es fatiguée et tu
souffres encore de ta maladie de foie. Allons, sois raisonnable,
obéis. Je me couchais pour le tranquilliser..... Mais, hélas !
pouvais-je dormir ? Je savais qu'il n'avait point soupé afin de
donner son pain et son lait aux enfants, et il était plus de minuit qu'il travaillait toujours. Alors je l'appelais, le priant de
venir se coucher à son tour. Il me répondait : Tout à l'heure,
je viens, dors, ma chérie. Et il tardait tant que je me levais,
j'allais l'embrasser, et ne le quittais que lorsqu'il se mettait en
devoir d'aller au lit. Après avoir dormi deux ou trois heures,

il profitait de mon sommeil pour se lever et se remettre à l'ouvrage, éclairé par la lampe de la cuisine.

A la fin, l'infortuné succomba à tant de misères et de fatigues, il fut saisi d'une fièvre violente qui l'obligea à garder entièrement le lit. Une nuit surtout, des symptômes si graves se déclarèrent, que j'allai à la hâte chercher un médecin, qui le trouva en très-mauvais état.

Dans les premiers jours de sa maladie, je vendis plusieurs objets plaqués en argent, ainsi que quelques dentelles que je possédais encore ; après cela, je mis la main sur les chemises de mon mari en fine toile de Hollande. La somme que j'en retirai me permit de le soigner assez pour le mettre hors de danger, mais son mal devint chronique. Oh ! comment vous exprimer mon désespoir, cher monsieur. Mon mari avait besoin, pour reprendre ses forces, d'une bonne et saine nourriture, et j'étais impuissante à la lui procurer. Je cherchai de l'ouvrage que je trouvai dans un magasin du voisinage, mais, après avoir cousu ou brodé toute la journée, je n'avais pas gagné de quoi nourrir mes enfants. L'autre jour je n'avais plus rien à vendre, l'état d'Adolfo empirait, les enfants avaient faim, et je ne savais que devenir. A moitié folle de douleur, je pris un parti désespéré ; dissimulant mes angoisses, j'habillai les enfants, je mis dans la blouse d'Oscar le billet que vous y avez trouvé, et je dis à mon mari, avec un visage calme et souriant, pour ne point éveiller son attention :

— Adolfo, je vais conduire Albert et Oscar chez Giuditta, qui veut bien s'en charger pendant quelques jours.

Je descendis les escaliers, je tournai la rue, et je hâtai le pas sans savoir ce que je faisais, quand Albert me dit :

— Maman, pourquoi cours-tu ainsi, ne vois-tu pas qu'Oscar ne peut te suivre ?

Cette voix me réveilla comme en sursaut au sentiment de la réalité ; nous étions devant votre église, j'y entrai en répondant à Albert : Je vais l'asseoir sur un banc, caresse-le pour qu'il ne pleure pas. Je demandai à Dieu du fond de mon âme d'avoir pitié d'une pauvre mère désolée, qui mettait ses enfants sous sa sainte garde et les confiait à la charité des catholiques. Après cette courte prière, j'embrassai mes pauvres petits, et dis à Albert : Attends-moi ici, empêche Oscar de pleurer, je vais vous acheter du pain.

Aussitôt sortie de l'église, je fus saisie de vertiges qui obscurcissaient ma mémoire et me serrait le cœur de telle façon que j'en étais comme affolée. A mon retour à la maison, je trouvai mon mari assis sur son séant qui m'attendait avec la plus vive impatience. En me voyant entrer, il me dit avec empressement :

— Adelinda, Oscar n'a-t-il point pleuré lorsque tu l'as quitté ?

— Non, mon ami, lui répondis-je en transportant la table d'un autre côté afin de lui cacher mon trouble. Pauvre père, il n'avait plus d'enfants !

— Et voilà, au contraire, interrompit don Giovanni, que la Providence vous les rend et vous les conservera comme une consolation pour vous et votre excellent mari. Soyez-en recon-

naissante à Dieu notre bon maître ! Mais, dites-moi, Giuditta
n'est-elle pas une jeune femme du canton d'Argovie ?

— Oui, monsieur. J'ai demeuré dans son quartier, elle a beaucoup à souffrir de la brutalité de son mari, qui est toujours ivre.

— Eh bien ! Giuditta est catholique depuis deux mois, reprit don Giovanni ; je l'ai instruite dans notre religion à l'insu
de son mari, et elle a abjuré entre mes mains ; elle est d'une
douceur admirable, et j'espère encore la voir gagner le cœur
de son mari. Je lui parlerai afin qu'Adolfo ne sache rien de
l'abandon des enfants..... Mais il est temps, madame, de les
appeler. Pasqua ?

Arrivée à cet endroit du récit, la duchesse Eléonore décrivit
la scène émouvante qui eut lieu lorsque cette pauvre mère revit
ses enfants, et que don Giovanni lui avait racontée dans tous
ses détails.

Toutes ces dames en furent si touchées, qu'elles s'offrirent à
l'unanimité pour soulager les infortunes de cette pauvre
femme. La duchesse, enchantée de les trouver dans de si
bonnes dispositions, reprit :

— Avant de connaître leurs parents, Argenide voulait se
charger d'Oscar, et toi, Clélia, d'Albert? Eh bien ! donnez à
leur mère ce que vous auriez dépensé pour leur entretien, et ne
la séparez pas de ses chers petits. Quant à nous, nous allons
faire une collecte dont nous remettrons le montant à don Giovanni. Il a eu la généreuse pensée de louer pour eux un appartement convenable, d'y faire transporter le malade, qui,
n'ayant plus tant de soucis, se remettra probablement bien vite ;

il veut aussi les refournir en linge, pourvoir à leurs besoins quotidiens et leur procurer une servante.

De plus, je vous prédis que tant Adolfo qu'Adelinda seront tellement émerveillés de la charité des prêtres catholiques, qu'ils abjureront la religion protestante pour entrer dans le sein de notre église. Don Giovanni leur a déjà prêté des livres écrits en allemand, qui leur feront connaître nos articles de foi, et il espère que, avant deux mois, ils seront prêts à recevoir les saints sacrements. Nous prendrons pour parrains et marraines des deux enfants Argenide et Clélia avec leurs maris.

— Nous acceptons de grand cœur, répondirent ces messieurs.

— Je m'offre à servir de marraine à Adelinda, continua la duchesse, et je propose le duc comme parrain d'Adolfo. Quant à toi, Rosina, tu nous recevras tous à la villa le jour de la cérémonie, puisque Monseigneur l'Evêque doit officier dans ta chapelle avant de continuer sa tournée épiscopale.

— Es-tu contente ?

— Oui, oui, de toute mon âme, répondit la noble dame.

On prit des arrangements avec la duchesse pour subvenir grandiosement aux besoins de cette malheureuse famille, de façon à satisfaire don Giovanni que tous aimaient et respectaient comme le modèle et la gloire du clergé de cette ville illustre.

Après avoir décidé de ce qu il y avait à faire dans ce but, et, toutes joyeuses de leur bonne action, ces dames quittèrent le jardin pour regagner leurs voitures, et à peine arrivées chez elles, ce qui eut lieu vers le soir, elles s'empressèrent d'envoyer à don Giovanni des marques de leur libéralité.

VI

DORINA

Rien de plus agréable qu'un voyage de Bologne aux eaux thermales de la Porretta, en passant par le val du Reno, si pittoresque et accidenté. Rien, en effet, n'est plus charmant que de suivre le cours capricieux de la rivière, d'admirer les collines qui la dominent, les riants coteaux couverts de vignes, de métairies et de palais, ainsi que les vallons et les montagnes aux flancs boisés qui s'étendent à gauche, et dont les crêtes altières se perdent dans les nuages. Ici on traverse un magnifique pont en marbre, là on découvre un chemin ombragé par des platanes, au-dessus on aperçoit une gracieuse villa,

coquettement posée sur le penchant d'une verte pelouse, entourée de rosiers qui couvrent de leurs branches fleuries tout
le mur de clôture ; plus bas, on traverse un petit village qui
conduit à une grande pierre paraissant barrer le chemin ; mais,
en approchant, on voit une passerelle taillée dans le roc qui
aboutit dans une vallée délicieuse couverte de beaux pâturages
et de champs fertiles, dont les bords sont semés de maisonnettes qui s'étendent jusque dans les gorges du Reno. De là, on
entend distinctement les bruits de la rivière qui coule, tantôt
tranquille et tantôt mugissante, dans les profondeurs des montagnes, puis débouche dans une vallée qui, d'abord large et
aérée, se rétrécit bientôt et se termine au pied d'une roche al-
pestre ombragée de chênes et de marronniers. Quelques milles
plus loin se trouve la Porretta.

La Porretta est un petit village au pied des Apennins, près
de la route qui conduit en Toscane par Pistoja. Il est situé
dans une vallée ombreuse qui s'étend jusqu'au grand val de
Reno, et aboutit à des rochers taillés à pic couverts de rouille,
d'où s'élance, impétueux et écumant, un torrent qui divise le
village en deux parties, que l'on a réunies par deux petits
ponts.

Il doit y avoir sous ces pierres ferrugineuses, dans les en-
trailles d'un abîme profond, un feu incessant et terrible qui
dissout, décompose et écaille les rochers les plus durs, broie,
refond et tord le granit, les cailloux embrasés, et qui, dans
cette éternelle agitation, en dégage des matières et des essences
minérales dont les eaux, sortant de l'intérieur des montagnes,

s'emparent, et qui, après un cours long et sinueux, jaillissent
toutes fumantes à l'extérieur. Les unes viennent sourdre au-
dessus du torrent à droite, et d'autres à gauche. Quoique ces
sources soient très-rapprochées les unes des autres, elles con-
tiennent des éléments et des degrés de chaleur différents, puisqu'il y en a de purgatives, de restringeantes et de rafraîchis-
santes. Chacune de ces sources a un nom particulier, et selon
qu'une tête de lion, de bœuf, une figure de Mars ou de vierge
se trouve sculptée sur la fontaine d'où elle sort, elle s'appelle
la source du lion, du bœuf, de Mars ou de la vierge.

Les malades boivent de ces eaux ou s'y baignent ; les piscines
sont très-propres et en beau marbre blanc. L'eau thermale y
entre d'un côté et s'écoule de l'autre ; de sorte que l'eau, sans
cesse renouvelée, conserve une température toujours égale.
Près des sources s'élèvent de magnifiques établissements con-
fortables et bien distribués où chacun peut suivre la cure qui
lui convient et passer le temps agréablement dans des salons
élégants et ornés avec goût. On peut aussi se reposer dans de
petites chambres particulières, pavées en marbre, auxquelles
on arrive par de beaux et grands escaliers.

Tout ceci se trouve dans la Porretta même, au pied des rochers d'où s'échappent les eaux salubres susmentionnées et qui
ont la propriété de purifier le sang, guérir les humeurs, ainsi
que toutes les maladies de la peau.

A un mille de la Porreta, sur la route qui conduit en Toscane et côtoie la rivière du Reno, il y a deux autres sources
très-efficaces qui s'appellent l'une la source de la Puzzola et

l'autre de la vieille Porretta. Elles sont toutes deux dans un
endroit fort pittoresque, mais de nature diverse ; l'une est remarqua! le par sa charmante et riante position, tandis que l'autre présente un spectacle grandiose et sauvage qui impressionne
vivement ; ce ne sont que rochers escarpés, ruines, gorges
sombres et étroi es où les vents s'engouffrent avec violence, et
les eaux mugissantes se fraient un passage à travers les fissures
des rocs. Un pont est jeté sur cet abîme, et c'est là que, dans
un enfoncement caverneux, près de la rivière, les habitants de
la Porretta ont élevé une petite chapelle à la sainte Vierge,
qui est l'objet de pèlerinages et de dévotions particulières de
la part des villageois d'alentour.

Tout le chemin, depuis la Porretta jusqu'à la Madone du
Pont, est décoré des quatorze stations du Chemin de la Croix,
érigées par les soins d'un prêtre pieux et zélé. Au-dessus de
ces stations, où le peuple vient prier, s'élève le dos d'une montagne abrupte couverte d'une forêt touffue de châtaigners cen-
tenaires dont les immenses rameaux forment une voûte de verdure qui, pendant tout l'été, protége les voyageurs contre les
ardeurs du soleil. Du côté gauche serpente le Reno, dont les
bords sont plantés de peupliers et de trembles que la brise du
matin agite doucement. Ces plantations aboutissent au délicieux
établissement de la Puzzo a qui, par la vertu de ses eaux bien-
faisantes, donne la force et la santé. L'édifice est entouré d'un
jardin b en dessiné, rempli de fleurs et fermé du côté de la rivière par un bosquet frais et ombreux, promenoir favori des
buveurs d'eau. Quelques pas plus loin, on rencontre la source

de la vieille Porretta dont les eaux puissantes donnent de la vigueur aux muscles et calme les nerfs ; elles sont si fortes que, si on en boit en trop grande quantité, elles enivrent comme le vin le p us généreux.

Quoique fort petit, le village de la Porretta possède deux ou trois vastes et beaux hôtels pour recevoir les malades qui viennent y prendre les eaux, et pres ue tous les habitants aisés louent, pour la saison, des appartements bien meublés aux étrangers, qui convertissent ce petit pays en une délicieuse résidence où règne le luxe, la gaieté et les plaisirs. Le soir, lorsque le crépuscule couvre de son ombre le val du Reno, le chemin se sillonne de voitures élégantes attelées à des chevaux fringants ainsi que d'intrépides amazones escortées par de jeunes cavaliers montés sur de superbes pur sang anglais, tandis que les allées sont peuplées de promeneurs richement vêtus, prenant le frais sous leurs arbres séculaires.

Le matin, de bonne heure, les montagnes sont envahies par une nuée de peintres, de poètes et de littérateurs qui vont s' nspirer des beautés de la nature ; les jeunes gens y vont respirer l'air frais du matin et jouir du splendide panorama qui charme les regards.

En passant près de l'établissement des bains, on rencontre, malgré la chaleur, des gens frileusement enveloppés dans de grands manteaux qui, après avoir pris leur bain, s'acheminent à grands pas chez eux afin de se mettre au lit pour activer la transpiration ; après cela, ils vont déjeuner, faire la conversation et lire les journaux qui arrivent de Toscane et de Bologne.

Or, il y a quelques années, don Giovanni ayant pris, en vi-
sitant les hôpitaux où régnait le typhus, une maladie de la
peau qui avait couvert son visage de boutons acres et cuisants,
il lui fut ordonné par les médecins d'aller prendre les bains de
la Porretta. Il alla à Bologne arrêter une place dans une dili-
gence, car il faisait très-froid, et il partit vers minuit.

Pendant qu'il attendait l'heure du départ sur la porte de l'auberge, il vit arriver un portefaix tellement chargé de malles, de
caisses, de sacs de nuit, de paniers de toutes grandeurs et de
cabas en paille de toutes couleurs, qu'il crut avoir une grande
famille pour compagnons de voyage. Tout à coup il aperçut,
descendant l'escalier, une femme jeune et svelte enveloppée
dans un manteau de drap bleu et coiffée d'un élégant chapeau
en paille de Florence, orné d'une voilette verte. Elle était pré-
cédée par un domestique de l'hôtel, qui posa deux coussins
brodés dans la voiture et l'aida à y monter. Elle s'étendit non-
chalamment sur la banquette de droite pendant que don Giovanni se plaçait sur celle de gauche.

Le bon curé croyait toujours voir arriver d'autres personnes,
mais on vint fermer les portières, et la voiture partit au grand
trot par la porte *San-Felice*. Bon, pensa-t-il, celle-là ne manque pas de bagages, on dirait qu'elle va monter maison en
Toscane, tant elle emporte d'effets sur elle. Après ces réflexions,
i. fit le signe de la croix, dit ses prières et se prépara à dormir.
Au jour naissant, il fit de nouveau ses dévotions tout à son aise
sans que sa compagne donnât signe de vie. A son réveil, la
jeune femme souleva son voile, se frotta les yeux, retint un lé-

ger bâillement, arrangea ses cheveux ; après quoi, sortant de sa bourse une petite boîte contenant des pastilles de menthe, elle en offrit gracieusement à don Giovanni en lui disant : *Bon-jour, M. l'abbé.* Il lui rendit son salut en français, et accepta une pastille dont il la remercia.

L'échange de ces petites politesses entre voyageurs est, d'or-dinaire, une façon discrète d'engager la conversation ; ce fut ce qui arriva au digne curé et à sa compagne. Après avoir admiré ensemble les beautés de la nature, s'être extasiés sur l'aspect enchanteur de ces sites délicieux, contemplé l'azur d'un ciel sans nuages et écouté le murmure des eaux transparentes de la rivière, don Giovanni en vint insensiblement à parler de Dieu, créateur de toutes ces merveilles, et, se laissant entraîner par son sujet, il se mit à exalter la miséricorde divine avec tant de feu et d'éloquence qu'il en était comme transfiguré.

La jeune voyageuse, qui paraissait d'abord effrayée à l'idée de Dieu et fronçait les sourcils d'impatience, se laissa peu à peu émouvoir par les chaleureuses et convaincantes paroles du respectable ecclésiastique qu'elle écoutait attentivement, rete-nant son haleine et les yeux baignés de larmes.

Tout à coup, comme poussée par une soudaine inspiration, elle l'interrompit en s'écriant :

— Oh ! digne serviteur de Dieu, la miséricorde divine que vous me faites si grande, l'est-elle assez pour pardonner tous les péchés ? N'y en a-t-il point qu'elle ne puisse remettre, et peut-elle les pardonner deux fois ?

— Deux fois, trois fois, cent fois, mille fois, répondit don

Giovanni avec enthousiasme. Oui, elle est infinie, elle n'a point de mesure, de limite ni d'intensité, car si vous la limitez de quelque façon que ce soit, elle cesse d'être infinie.

La jeune femme poussa un grand soupir et reprit :

— Vous me redonnez du courage, vous ne sauriez vous imaginer le bien que vos bonnes paroles viennent de me faire! Jusqu'ici la pensée de Dieu me faisait peur, je ne voyais en lui qu'un juge impitoyable et sévère, tandis que vous me le représentez comme un père tendre et clément, et vous me dépeignez sa bonté et sa miséricorde sous de si riantes couleurs, avec des expressions si heureuses et si douces, que je sens l'espoir me réchauffer le cœur. Oh! l'espoir qui fait supporter la vie dans les plus poignantes douleurs. Je puis donc espérer?

— C'est votre devoir même, car plus vous espérez, plus la miséricorde de Dieu sera grande.

A ces consolantes paroles, la jeune femme s'écria :

— Prêtre du Seigneur, je tremble de vous avouer qu'après avoir imploré de Dieu mon pardon, je suis retombée dans mes erreurs plus follement que jamais.

Je suis une danseuse du Conservatoire de Paris, j'ai paru sur les premières scènes d'Europe, et, quoique je ne puisse me comparer à la Essler, à la Taglioni ou à la Cerrito, je n'en ai pas moins eu ma dose de renommée et mon essaim d'adorateurs. J'ai été couverte de fleurs, de robes, de bijoux, et occasionné des suicides et des duels, car tous ceux qui papillonnent autour d'une danseuse se brûlent aux rayons d'une étoile néfaste, dont la chaleur est pernicieuse et mortelle.

Il n'y a pas longtemps, je vivais avec un jeune homme qui m'aimait assez passionnément pour abandonner, afin de me suivre, sa patrie, sa mère, ses sœurs, ainsi que sa fiancée, riche et charmante personne qu'il devait épouser dans quelques mois. Sa mère en mourait de chagrin, ses sœurs se désolaient, ses amis et ses parents le blâmaient de se ruiner afin de pourvoir à mes caprices et à mes folles dépenses. Aussitôt que l'on s'aperçut de son départ, un des amis dévoué de la famille se mit à sa poursuite et le rejoignit en Italie ; il eut recours, pour le ramener, aux prières, aux larmes, lui énuméra tous les malheurs qui pouvaient résulter de son inconduite, la mort probable de sa mère, le chagrin de ses sœurs et la douleur de sa fiancée, que son abandon avait rendue malade. Mais en vain. Pendant un instant, Gherardo fut ému et ébranlé, puis, vaincu par sa passion, il s'écria avec désespoir : Nanni, tue-moi si tu veux, mais laisse-moi rester ici !

Je ne savais rien de ce qui venait de se passer, et j'étais tranquillement assise dans ma chambre, lorsque Nanni, l'ami de Gherardo, se présente chez moi, me salue poliment et me dit : Dorina, je viens à vous en toute confiance, persuadé que la bonté de votre cœur et votre grandeur d'âme vous suggèreront le courage de m'aider à rendre à quatre pauvres femmes, dignes de pitié, le bonheur que vous leur avez ravi. Je vous le répète, je crois que votre cœur, bon et aimant, n'est fait ni pour la haine, ni pour la méchanceté ; c'est parce que j'en suis sûr que je vous dis : Dorina, vous tenez dans vos mains la vie d'une mère, de deux sœurs et d'une fiancée qui vous redemandent leur Gherardo à grands cris ; il est en votre pouvoir de les sauver du désespoir. Allez-vous le leur refuser?

— Monsieur, lui répondis-je, je m'estimerais très-heureuse si je pouvais donner à quelqu'un le bonheur que je cherche moi-même sans le trouver, mais je ne puis accorder ce qui ne m'appartient pas. Gherardo est libre, il est son propre maître, je ne le retiens pas, qu'il aille donc redonner la joie à ces cœurs affligés qui ont le droit de la lui demander et de l'obtenir.

— Ah ! vous êtes magnanime, reprit Nanni, je savais bien que je ne vous implorerais pas en vain. Mais il ne suffit pas de céder Gherardo, il faut encore que vous le persuadiez de s'en aller, et si la persuasion est impuissante, il faut le lui ordonner.

Je le lui promis. Peu après le jeune homme vint me voir, je l'exhortai à aller consoler sa mère, je le priai de suivre les conseils de son ami, enfin je le conjurai de m'accorder ce que je lui demandais comme une preuve éclatante de son amour.

— Une preuve ! répliqua-t-il furieux. Ah ! t'abandonner, te fuir, c'est donc pour toi une preuve d'amour, un témoignage de tendresse, une assurance de fidélité? J'ai compris, ma mère t'a achetée. Oh ! fiez-vous à ces amoureuses qui se vendent pour une pièce de monnaie !

— Oui, répondis-je indignée ; ta mère a acheté mon cœur avec ses larmes, avec sa douleur maternelle, et plus encore avec la confiance qu'elle a eu en moi. Tout misérables que nous sommes, nous avons des sentiments comme les autres, et,

quoique l'on nous méprise, si nous rencontrons sur notre passage une âme noble et généreuse qui, malgré le mépris général
vient à nous avec confiance, nous savons aussi faire preuve de
noblesse et de générosité, entends-tu, Gherardo ? Tandis que
vous autres, fils dénaturés, vous êtes assez stupides et cruels
pour laisser vos mères mourir de chagrin afin de satisfaire vos
indignes passions. Toi-même qui, par amour pour moi, délaisse
celle qui t'a donné le jour, tu es assez abruti pour ne point
comprendre que je puisse, dans ton intérêt, renoncer à ton
affection pour rendre la vie à ta mère. Va, retourne chez toi,
rends-la heureuse, c'est ton devoir. Après ces mots, je rentrai
dans ma chambre et je m'y enfermai. Mais moi, qui me croyais
si forte et si fière de ma bonne action, je sentis, lorsque je fus
seule, mon courage faiblir et le cœur me manquer. Ne pouvant
calmer mon agitation, je me levai, je jetai un châle sur mes
épaules, et je sortis afin de respirer librement en plein air,
car je me sentais étouffer. Ma bonne étoile me conduisit dans
une église, et, sans trop m'expliquer pourquoi, j'y entrai et
m'assis dans un banc.

Une fois là, je voulus m'en aller sans pouvoir y réussir, on
aurait dit qu'une force inconnue me clouait à ma place. Je regardai autour de moi, et je vis un grand nombre de femmes
qui se confessaient dans le confessional placé auprès du banc
où j'étais. Il ne restait plus que deux pénitentes ; aussitôt que
celle qui occupait un des côtés du confessionnal se fut retirée,
je me levai brusquement et je m'agenouillai à sa place. Quand
le prêtre eut fini de l'autre côté, il ouvrit la grille, se retourna

vers moi, et après m'avoir donné sa bénédiction, m'adressa
cette question :

— Combien y a-t-il de temps que vous ne vous êtes confessée?

— Il y a bien longtemps.

— Ma sœur, à neuf heures précises je dois dire la messe,
elles vont sonner, pourriez-vous m'attendre?

— Me promettez-vous de revenir de suite après la messe?

— Je vous le promets.

— Alors je vous attendrai.

Je tins parole, et le prêtre revint à l'heure indiquée.

A mesure que je me confessais, j'éprouvais un bien-être in-
dicible, une tranquillité d'esprit et une satisfaction intérieure
qui me faisait respirer plus librement. Lorsque j'eus parlé à
mon confesseur du lien qui m'attachait à Gherardo, il me dit :

— Ma fille, il faut le rompre au plus tôt, et, pour ce faire,
il est urgent de prendre une bonne résolution.

— Vous avez raison, mon père, répondis-je ; mais voilà justement la grande difficulté, sinon l'impossibilité, cet homme
est si jaloux qu'il n'y a pas d'autre moyen de lui échapper,
que de s'enfermer pendant quelques mois dans un endroit im-
pénétrable.

— Seriez-vous disposée à entrer dans un couvent? reprit le
prêtre.

— J'irais me réfugier dans un four si c'était nécessaire,
répliqua-je hardiment.

Il réfléchit un instant, et ajouta :

— Dites-vous vrai ?

— Très-vrai.

— Eh bien, revenez après-demain à la même heure.

— Je viendrai sans faute. Adieu.

De retour chez moi, je donnai l'ordre à la servante de refuser la porte à quiconque se présenterait, car je ne voulais recevoir personne.

— Pas même M. Gherardo ? demanda-t-elle.

— Quand je dis personne, il me semble que ça doit suffire, sotte que vous êtes !

A peine avais-je prononcé ces paroles, que je vis entrer Gherardo.

— Va-t-en, lui dis-je impérieusement, je désire rester seule.

— Où as-tu été ?

— Je veux être seule, te dis-je !

Il s'avance vers moi avec assurance ; je me rejetai derrière une table dont je me fis un écran. J'avais laissé par hasard, sur mon bureau, après le dernier ballet, un pistolet chargé à poudre qui devait me servir dans l'action et dont je n'avais pas eu besoin. Je le saisis en lui disant :

— Tiens, si tu fais un pas, je tire en pleine poitrine.

Il se précipite pour m'arracher le pistolet des mains ; je vise et le coup part. La cartouche lui fend le petit doigt, et, à cette vue, je tombe sur le canapé terrifiée.

Au bruit que fit la détonation, les domestiques de l'hôtel accoururent effrayés. Gherardo, qui avait enveloppé sa main avec son mouchoir, leur dit tranquillement :

Don Giovanni.   7

— Ce n'est rien ; j'ai voulu décharger un pistolet qui est
parti tout à coup et m'a fait une légère blessure au petit doigt.
Apportez-moi un peu d'eau mêlée de vinaigre.

Que voulez-vous, M. l'abbé, cet acte de générosité de sa
part m'émut à un tel degré, que je ne pus m'empêcher de passer
la journée en paix avec lui. Mais, pendant la nuit, revenue au
sentiment de la réalité, je pris la ferme résolution d'en finir à
jamais.

Le lendemain matin, selon la promesse que j'en avais faite à
mon confesseur, je me rendis à l'église. Il m'attendait. Voyant
que je persistais dans ma résolution, il me dit qu'il avait parlé
à l'évêque, qui, après bien des hésitations, se décida à faire des
démarches pour me faire entrer au couvent des Bénédictines,
situé dans un endroit solitaire et caché, quoique bien aéré et
fort sain, et dont l'abbesse, ainsi que les religieuses, étaient
bonnes et charitables.

Je lui répondis simplement : Mon père, je suis prête.

Alors il me demanda mon nom, mon prénom, mon âge, mon
pays, etc. Il inscrivit tout cela sur son registre, et me dit :
Venez après demain, vers le soir, dans l'église de Sainte-
Marie, et, en attendant, préparez vos malles.

C'était une affaire conclue; je rentrai à l'hôtel, où je m'oc-
cupai à faire mes paquets en l'absence de Gherardo. Il vint,
vers le soir, me proposer d'aller au théâtre avec lui et deux de
ses amis pour entendre la Bice, qui devait chanter à la ville
voisine.

— Non, lui répondis-je.

Viens, pourquoi pas ?

— Parce que je ne veux pas.

— Ah ! je comprends, tu attends probablement une visite agréable, que tu tiens à ne point manquer.

— Je n'attends personne ; et, puisque tu le prends sur ce ton, j'irai, mais à la condition que, si j'ai la migraine autant que ce soir, je n'entrerai pas au théâtre.

— Comme il te plaira.

Le pauvre prêtre m'attendit en vain ce soir-là dans l'église de Sainte-Marie ; toutefois mon plan était tout tracé. Je sortis avec Gherardo et ses amis, me plaignant sans cesse de ma migraine, de sorte qu'il me ramena à l'hôtel pensant que j'allais me coucher. A peine était-il parti, que je descendis parler à un cocher auquel je donnai l'ordre de me préparer une voiture sur-le-champ.

— Pour aller où ? demanda-t-il.

— Pour aller à Parme, répondis-je.

Dans une demi-heure tout fut prêt ; je sors de l'hôtel, je monte en voiture, et, pour dérouter les recherches, je dis au cocher de me conduire dans une telle ville ; le lendemain, à l'aurore, j'étais de retour et j'allai immédiatement chez mon confesseur, qui fut bien aise de me voir. Je lui racontai ce qui m'était arrivé, en le priant d'envoyer chercher mes malles et de les faire transporter chez lui.

Il me donna de nouveau rendez-vous pour le soir à Sainte-Marie. J'y vins, il m'y attendait déjà. Il sortit avant moi, et je le suivis jusqu'à l'église du couvent, où il me laissa, pour aller

parler à l'abbesse qui, après que l'église fut fermée, vint ouvrir
une petite porte près de la sacristie, par laquelle elle me fit
passer sans que personne s'en aperçût.

Je retrouvai mon confesseur dans le parloir, il me consola,
me recommanda à l'abbesse, et me donna tous les conseils nécessaires à ma nouvelle situation.

Les premiers jours se passèrent dans des alternatives de
paix et de guerre, de repentir et de regrets, d'amertumes et de
douceurs entre le désir d'aimer Dieu et la douleur d'avoir quitté
le monde. La nuit, j'étais assaillie par les pensées les plus
contradictoires; mais, au réveil, je me sentais plus calme,
plus tranquille, me félicitant de ma bonne résolution et m'en-
courageant moi-même à persévérer dans cette bonne voie.
Enfin les soins que ces saintes filles me prodiguaient, ne sachant pas qui j'étais, l'amitié qu'elles éprouvaient pour moi,
jointe aux bons conseils de mon confesseur, et plus encore une
longue confession suivie de la sainte communion, avaient tellement purifié mon cœur et élevé mes pensées vers Dieu, que je
n'aspirais plus qu'à me consacrer à lui.

Pendant ce temps, Gherardo étant revenu du théâtre et ne
me trouvant plus à l'hôtel devint furieux, et sa jalousie ne connut
plus de bornes. Il s'informa, fit des recherches, et, quand il
apprit que j'étais partie pour Parme, il ordonna à l'instant des
chevaux de poste, et se mit à ma poursuite. Arrivé là, il me
chercha partout, fureta dans tous les coins de la ville et, voyant
qu'on l'avait trompé, retourna sur ses pas, revint à l'hôtel, où
on lui apprit que j'avais fait mes malles, que j'avais payé mon

hôtel ponctuellement, et que j'étais allée on ne sait où. Il prit
alors des informations à l'office du *buon governo*. On ne savait
rien. Il s'enquit à toutes les portes de la ville si on ne m'avait
point vu passer, réponse negative. Enfin il fit toutes sortes de
démarches, épia de tous côtés, ne fit qu'aller et venir sans le
moindre résultat. Nanni voulut le persuader de retourner chez
lui en disant que, probablement, Dorina avait pris la fuite avec
quelque mauvais sujet, qu'il devait l'oublier pour ne penser
qu'à sa mère, à ses sœurs et à sa fiancée, tout fut inutile.

— Non, s'écriait-il, elle m'a été ravie par l'entremise d'un
prêtre. Je sais qu'elle allait à l'église ces jours derniers, et on
l'a vu se confesser. Nanni, je suis sûr qu'elle est dans un couvent! mais je l'y découvrirai, et fût-elle enfermée dans une tour
d'airain, je l'en arracherai ou je lui percerai le cœur.

J'appris cette scène par mon confesseur, qui voulut, en me
racontant les fureurs insensées auxquelles Gherardo s'était
livré en me perdant, me démontrer combien les hommes sont
pervers puisque, à l'exemple du démon, ils envient le bonheur
des épouses de Dieu et cherchent à les arracher de son sanctuaire, aimant mieux les savoir mortes que contentes dans le
sein du Seigneur. Je priai pour ce pauvre fou, espérant qu'a-
près la première ébullition il se calmerait et retournerait chez
sa mère, où il lui serait facile de m'oublier en épousant la noble
jeune fille qui l'aimait si tendrement.

Deux mois s'étaient écoulés depuis mon entrée au couvent,
et j'y vivais tranquillement au milieu des caresses de ces bonnes
religieuses qui, me voyant si changée dès le premier jour, es-

péraient me voir bientôt commencer mon noviciat. C'était bien
mon désir aussi, mais le démon, furieux de m'avoir perdue,
tenta un grand coup pour me ravoir, et, pour mon malheur,
son méchant projet réussit.

Un soir, après Complies, pendant que les religieuses étaient
rassemblées en chapitre, je descendis dans le jardin pour prendre l'air. Je choisis pour ma promenade une belle allée plantée
de lauriers touffus, et tout en marchant à petits pas, je méditais
sur les exigences de la nouvelle vie dans laquelle j'allais entrer.
Le jardin était très-vaste et entouré de hautes murailles couverte d'espaliers et de fleurs diverses. Il y avait au fond de
l'allée que je suivais une peinture à fresque représentant saint
Bénedetto en prière, pendant que le corbeau lui apportait le
pain que Dieu lui envoyait chaque jour. Cette peinture était en-
cadrée par une décoration en forme d'arcade qui, de l'allée,
produisait un très-bel effet. J'avançais toujours, concentrée
dans mes pensées lorsque, levant les yeux par hasard, j'aperçois
entre deux pointes en fer..... quoi?.... le visage de Gherardo
pâle, amaigri, les yeux enfoncés et hagards qui me dit d'une
voix caverneuse :

— Infâme ! décharge ton pistolet sur moi, je ne bouge pas,
je reste ici !

Je frissonnai comme si j'avais marché sur un reptile ; je me
retournai rapidement, tremblante, éperdue, et je m'élançai,
sans m'en apercevoir, dans un carrefour entre un groupe de
cyprès, et, ne pouvant plus me soutenir, je tombai sans connaissance sur un tertre couvert de gazon. Les religieuses, après

leur assemblée, descendirent pour le souper. Ne me voyant point arriver, elles allèrent me chercher dans ma chambre, dans la chapelle et dans tous les recoins du couvent. Effrayées de ne point me trouver, elles allèrent demander de mes nouvelles aux sœurs converses, et m'appelaient à haute voix en répétant avec consternation : Mon Dieu, qu'est-il donc arrivé?

L'abbesse se leva de table et vint dans le jardin avec trois autres vieilles religieuses en explorer toutes les allées. Je commençais à me remettre et, en revenant à la vie, je poussai un gémissement plaintif. A ce bruit, les religieuses se dirigèrent de mon côté, et me trouvèrent étendue sur l'herbe. Jésus, Marie! s'écria l'abbesse, elle s'est trouvée mal! Dorina, qu'avez-vous?

— Rien, ma mère.

— Mais vous vous êtes évanouie !

— Ce n'est rien, je vous assure, chère mère.

En parlant ainsi, je me levai et m'efforçai de rentrer au couvent avec les sœurs.

— Ne venez-vous point souper? me demandèrent-elles.

— Non, merci ; je rentre dans ma chambre pour me reposer.

— Voulez-vous l'infirmière?

— Non, mais veuillez me faire apporter une orangeade, car j'ai bien soif.

Après le souper, l'abbesse vint me voir et m'accabla de questions, auxquelles je répondis invariablement : Ce n'est

rien, je vous l'assure, chère mère; envoyez-moi mon confesseur demain, s'il vous plaît, car ce soir je désire rester
seule.

Oh ! l'affreuse nuit, M. l'abbé ; quelles angoisses ! quel dé-
lire ! l'horrible secousse ! je voyais la chambre tourner, la tête
de Gherardo était là, devant moi, immobile et menaçante, avec
ses yeux caverneux et sa pâleur mortelle. Il me regardait sévèrement, en fronçant les sourcils. Je fermai les yeux pour ne
point le voir ; peine inutile, la vision me poursuivait toujours,
il me semblait que la chambre était en feu, et j'entendais une
voix qui me criait :

— Infâme ! décharge ton pistolet.

Je me jetai à bas du canapé pour fuir le tourbillon de
flamme qui m'enveloppait, mais, arrivée au milieu de la chambre, l'aspect de la terrible tête me faisait faire un saut en
arrière.

Je voulus me coucher afin d'ensevelir mon visage dans les
couvertures, mais partout la tête fatale me poursuivait sans relâche. Je ne sais comment je ne suis point devenue folle de terreur pendant cette cruelle nuit. Le matin, de bonne heure,
mon confesseur vint me voir, je lui racontai ce qui s'était
passé, il me consola, me réconforta de son mieux, et me promit
de prendre des informations afin de savoir comment cette sin-
gulière aventure avait pu avoir lieu. En effet, deux jours après
il avait tout découvert.

Gherardo, soupçonnant que je m'étais réfugiée dans un couvent, n'eut plus de repos qu'il ne m'eût retrouvée ; à cet effet,

il fréquentait les églises, interrogeait les sacristains, les pour-
voyeurs et les portières de tous les couvents d'alentour sans
aucun résultat. Enfin on lui désigna, comme pouvant lui donner
les renseignements désirés, le jardinier des Bénédictines. Un
soir que cet homme s'en retournait chez lui, Gherardo l'aborda
et lui demanda du ton d'une personne sûre de son fait :

— Dis-moi, brave homme, comment se porte Dorina, la
jeune femme qui s'est retirée chez les Bénédictines depuis deux
mois ?

— Qu'en sais-je, moi, répondit-il d'un air bourru, il me semble qu'elle se porte bien. Elle vient se promener tous les soirs
dans le jardin, et me paraît avoir fort bonne mine.

Gherardo n'en demanda pas davantage ; il savait déjà que le
jardin potager d'un vieux marquis, alors absent, était contigu
à celui des religieuses, il alla aussitôt chez le jardinier du voisin,
lui offrit une somme considérable pour avoir de lui la permission de monter sur une échelle et de jeter un coup d'œil dans
le jardin du couvent par pure curiosité, lui dit-il.

— Ma foi, non, répondit cet homme, on me mettrait en
galère.

— Je m'arrangerai pour que personne ne me voie, répliqua
Gherardo, et tu auras, par dessus le marché, un bon pour-
boire.

Tenté par le démon du lucre, cet homme accepta, et voilà
comment il put mettre son projet insensé à exécution.

Aussitôt que l'évêque fut informé de tout ceci, il porta plainte
contre les deux coupables, qui furent arrêtés. Le consul de

Gherardo fit tant de démarches auprès du gouverneur, que sa peine fut commuée, et, au lieu d'aller aux galères, il reçut l'ordre de quitter les Etats dans les quarante heures. Mais le pauvre ouvrier n'en fut point quitte à si bon marché, et fut envoyé au bagne pour plusieurs années.

Quant à moi, bouleversée par cette apparition, je ne pus recouvrer ma tranquillité d'esprit, de sorte que je renonçai définitivement à la vie religieuse. Mon confesseur mit tout en œuvre pour ébranler ma résolution, me suppliant de ne point quitter le couvent pour me perdre en recommençant la vie aventureuse que j'avais menée jusqu'alors ; mais, sourde à ses prières, je persistai quoique je visse clairement l'abîme ouvert devant moi.

Ce n'est pas sans regrets que je pris ce parti extrême, j'eus à lutter contre les reproches de ma conscience et les effets de la grâce, qui me livraient un combat continuel ; mon martyre fut si douloureux, que je tombai malade. A peine guérie, il me vint une éruption à l'épaule, et les médecins me prescrivirent les bains de la Porretta.

Don Giovanni écouta attentivement le récit de la danseuse, et voyant que l'espoir d'obtenir la miséricorde divine l'avait touchée de repentir, il profita de ces bonnes dispositions pour la pousser à se régénérer par une bonne conduite et l'abandon de la vie mondaine, à laquelle elle aurait voulu retourner. Il l'exhorta doucement à la prière, à espérer en Dieu, et lui recommanda surtout de ne point s'exposer aux dangers que l'on ne rencontre que trop fréquemment dans les villes d'eaux, et de s'approcher souvent des sacrements qui donnent la force, la lumière et la vertu. Il lui promit enfin de trouver le moyen de la voir de temps en temps, avec prudence et discrétion, pendant son séjour à la Porretta.

Dès le premier jour de son arrivée, on ne s'entretenait dans toute la ville que de la belle inconnue que l'on voyait toujours aller seule de chez elle à l'église ou à la promenade, sans jamais s'aventurer sur la grande route. On avait remarqué qu'elle était fort bien mise, changeait de toilette chaque matin, se chaussait avec élégance, qu'elle avait bonne tournure ainsi qu'un air triste et modeste. Personne ne savait si elle était Italienne ou étrangère, on savait seulement qu'elle parlait français à ceux qui la servaient. Avant cinq heures du matin elle allait boire des eaux de la Puzzola, et entre chaque verre elle s'asseyait dans le bosquet, un livre à la main, sans adresser la parole à qui que ce soit. Quand elle avait fini de boire, elle visitait la grotte de la madone du Pont. Les commentaires allaient leur train sur son compte ; l'un prétendait que c'était une princesse allemande séparée de son mari, l'autre disait que ce devait être une femme excentrique et fantasque fuyant le monde par caprice; enfin on finit par s'arrêter à l'idée que c'était une femme riche s'occupant de peinture, parce qu'on la voyait toujours errer entre les groupes d'arbres qui conduisent au val du Reno, d'où l'on jouit d'une vue magnifique.

Chaque soir, au soleil couchant, elle s'acheminait derrière les moulins, entrait dans la vallée du torrent, gravissait la montagne, et arrivée dans un pré solitaire caché dans la forêt, elle s'y promenait jusqu'à ce qu'un prêtre, à l'aspect grave et doux, vînt l'y rejoindre. Alors ils continuaient à se promener ensemble ou s'asseyaient des heures entières complétement absorbés dans une conversation sérieuse et animée.

Après que la belle étrangère eut pris vingt-quatre bains, elle partit un beau matin avant l'aurore avec don Giovanni, en suivant la route de Toscane, et le soir ils étaient rendus à Pistoja. Douze jours plus tard, on vit revenir par le courrier l'abbé tout seul, qui descendit chez le curé de la Porretta, dans la maison duquel il demeurait. De si loin qu'ils purent l'apercevoir, les baigneurs qui l'aimaient et le respectaient, car il était bon et cordial, vinrent à sa rencontre, l'entourèrent et se mirent à le questionner sur le compte de la belle inconnue, en lui demandant qui elle était et ce qu'il en avait fait?

— Elle est Française, dit-il, et je l'ai emmenée en Toscane dans le couvent des Capucines.

— Capucine, grand Dieu! mais, don Giovanni, comment avez-vous eu le courage d'enterrer vivante cette belle personne? Pauvre infortunée!

— Au contraire, elle est très-heureuse, reprit le bon prêtre, car c'est à sa beauté qu'elle doit tous ses malheurs.

— C'est peut-être vrai, répondit une espiègle jeune fille. Mais se faire Capucine!.... Tenez, pardonnez-moi, cher don Giovanni, mais franchement je la trouve trop belle pour porter un capuchon!

— Ah! vous ne voulez, à ce qu'il paraît, ne consacrer à Dieu que les laides? Allons donc, Virginia, vous êtes belle aussi, et pourtant vous voulez être à Jésus, n'est-ce pas?

— Oh! certainement, mais je ne veux pas être capucine.

— Ne répétez pas cela, Virginia! j'en ai vu d'aussi belles et spirituelles que vous se faire Capucines qui s'en trouvaient très-heureuses, et bénissaient Dieu mille fois par jour de leur avoir inspiré cette bonne résolution.

VII

L'APOSTAT

Par une belle soirée d'été, un jeune homme blond, grand, bien fait de sa personne, aux traits fins et délicats, aux lèvres ombragées par des moustaches et une barbe d'un blond roussâtre, était assis sur les bords de la rivière plantée de peupliers et d'arbres aux feuillages légers qui tremblaient à la moindre brise. Il avait un bras appuyé sur le tronc d'un saule, tandis que de l'autre main il tenait un livre qu'il lisait avec la plus grande attention. Il le quittait de temps en temps pour en prendre un autre posé devant lui sur le gazon. Le livre paraissant intéresser le jeune homme à un si haut degré, était une

de ces audacieuses attaques contre l'Eglise catholique par l'hérétique Achilli, qui réfutait ses dogmès, ses lois, ses rites, le
culte des saints, l'infaillibilité de ses pontifes et la sainteté des
sacrements. Comme tous les écrivains de ce genre. Achilli es-
sayait de prouver la vérité de ses assertions en s'appuyant sur
certains passages de l'Écriture sainte. Voilà pourquoi le jeune
homme feuilletait quelquefois la Bible pour se convaincre que
le verset cité correspondait à ce qu'il lisait

Non loin de là, dans un bouquet d'arbres séculaires et
touffus, se trouvait un sanctuaire consacré à la Vierge et que
les dévots avaient surnommé Notre Dame des lumières. Une
voiture élégante et armoiriée stationnait depuis assez de temps
devant cette chapelle ; une dame vêtue de soie noire était
agenouillée devant l'image de la sainte Vierge et paraissait
plongée dans un recueillement profond. C'était la mère du jeune
homme sus mentionné qui priait pour lui, pendant qu'il se
livrait sous les peupliers à une lecture pernicieuse faite pour
pervertir son cœur et son esprit. Il sortait souvent avec sa
mère dont il était le fils unique et qu'il aimait tendrement ; sa
conduite envers elle avait toujours été exemplaire, de sorte que
la bonne dame se félicitait d'avoir un si bon fils, sans se douter
que son enfant, entraîné dans la société d'hommes qui mettaient
tout en œuvre pour ébranler sa croyance, était sur le point
d'apostasier, et abusait de la confiance maternelle en s'instrui-
suant à son insu dans une religion contraire à celle du Christ.

Il avait eu cependant une solide et bonne éducation, et autant
par l'exemple de sa mère que par les leçons d'hommes éclairés

et religieux, il avait été élevé dans la crainte de Dieu, et le respect de l'église catholique.

A sa majorité, il commença à fréquenter des jeunes gens de son âge dont il était l'ami ou le parent, et avec lesquels il montait à cheval, apprenait l'escrime, allait à la chasse ou aux courses.

Il n'aimait ni les bals, ni le théâtre, car quoique d'un caractère très-vif, il était grave, parlait peu et se livrait à de sérieuses études sur les belles lettres et la philosophie. Les natures exceptionnelles amies du silence et de la tranquillité ont certainement leurs bons côtés, toutes les fois que leur jugement s'exerce sur des choses saines et vraies ; mais si, par malheur, elles se mettent à raisonner sur des principes faux et erronés, qui ont l'apparence d'être bons et justes, ils ne faut rien moins qu'un miracle pour les faire revenir de leur erreur.

Or Gustave, le jeune homme dont nous venons de parler, étant allé un jour, pour se distraire, assister à une course qui avait lieu dans un pré hors des murs de la ville, se mêla à un groupe de jeunes Anglais venus passer l'hiver en Italie, qui causaient avec plusieurs de ses amis. La conversation roulait sur l'agilité, la force musculaire, le brillant des yeux et l'élégance de forme des chevaux qui passaient devant eux, et on pariait de grosses sommes que chacun se flattait de gagner.

Tout en écoutant cette conversation peu intéressante pour lui, Gustave aperçut à l'écart sous un arbre un jeune homme qui regardait ce qui se passait d'un œil distrait et rêveur, il s'approcha de lui doucement et lui adressa la parole. Il apprit

dans le cours de la conversation que le jeune inconnu venait de
sortir de l'Université de Cambridge, et de confidence en confidence, ils finirent par se quitter les meilleurs amis du monde.

Deux mois après cette rencontre, Gustave était presque mé-
connaissable, il devint pensif, taciturne et triste ; il allait souvent
au cabinet de lecture où il passait des heures entières à lire les
livres et les journaux anglais ; car il possédait cette langue
parfaitement. De temps à autre, son ami de Cambridge venait
s'asseoir auprès de lui, et fort souvent un grand vieillard sec et
maigre s'approchait des deux jeunes gens, leur disait quelques
mots à voix basse, puis allait chercher un livre qu'il lisait avec
la plus grande attention.

Cependant sa mère, qui était une femme pieuse et pleine de
bon sens, faisait bonne garde autour de lui, elle épiait tous ses
mouvements, le surprenait à l'improviste dans sa chambre et
visitait tous ses livres ; malgré cette surveillance il lui fut impossible de rien découvrir de suspect, car son fils, qui l'aimait
réellement, évitait avec soin de lui faire de la peine en quoi que
ce soit ; il était, au contraire, si bon, si affectueux, si prévenant
envers elle, que la comtesse se considérait comme la plus heureuse des mères, et tout le monde la félicitait d'avoir un fils
aussi respectueux que docile.

Un matin que don Giovanni sortait de la sacristie, pour rentrer au presbytère, Pasqua vint à sa rencontre et lui dit :

— Monsieur l'abbé, une dame vous attend dans le salon,
déjà depuis quelque temps. Savez-vous qui elle est ? Je ne me
souviens point de son nom, mais je l'ai reconnue, c'est la dame

qui vient se confesser chez vous tous les vendredi; elle est très-riche, toujours vêtue de noir, et reste dans le confessionnal des heures! des heures entières! Cela se comprend! les vieilles dames ont si peu de péchés, qu'elles se confessent volontiers de ceux de leur femme de chambre, de tous les domestiques de la maison, sans oublier ceux du chien et du perroquet.

— Taisez-vous, mauvaise langue! Vous êtes toujours la même, n'est-ce pas, Pasqua? Priez cette dame d'entrer.

A peine était-il dans sa chambre que don Giovanni vit entrer la comtesse Evellina, pâle, les yeux enfoncés, le visage abattu; elle se laissa tomber sans force sur une chaise et dit:

— Monsieur l'abbé, j'ai besoin de vos conseils éclairés et plus encore de votre bon sens ainsi que de votre zèle ardent et affectueux. En disant ces mots, elle tira de sa poche une lettre toute chiffonnée et encore humide des larmes qu'elle avait répandues en la lisant.

— Tenez, mon cher abbé, c'est une lettre anonyme que je reçus hier soir; j'ai demandé à mon concierge quelle était la personne qui l'avait apportée, et il m'a répondu que c'était un inconnu vêtu de noir qui disait être un de mes meilleurs amis. Je rentre dans mon boudoir, je l'ouvre, je cherche la signature mais je ne trouve que ces trois mots: *Un ami sincère.* Jugez de ma surprise et de ma douleur quand je l'eus parcourue?

Don Giovanni prit la lettre des mains de la noble dame et lui tout haut ce qui suit:

Comtesse,

« Vous ne sauriez croire combien il m'est pénible, connaissant, comme je le fais, votre piété ainsi que l'amour aveugle que
vous avez pour votre Gustave, de vous écrire, ainsi que je suis
obligé de le faire aujourd'hui. Ce jeune homme si généreux et
si pur, jusqu'ici d'un caractère irréprochable, dont le cœur bon
et affectueux était votre joie et votre orgueil, vient d'être
cruellement abusé. (Je vous l'écris en frémissant) Il n'est plus
catholique ! Un ami astucieux, ou plutôt Satan, sous les faux
semblants de l'amitié, l'a séduit, a ébranlé sa foi, et l'a rendu
félon envers notre divine mère l'église, en le faisant calviniste.

« Comtesse, les moyens dont on s'est servi pour le rendre
parjure sont divers et multiples. Pour son malheur, votre fils fit
la connaissance d'un jeune protestant de bonnes manières et bien
élevé; il commença, dans ses conversations avec Gustave, par
mettre en doute l'infaillibilité du pape; votre fils répondit avec
beaucoup de jugement, donnant des raisons dictées par son bon
sens, car, n'ayant point étudié la théologie, il ne pouvait, pour
prouver ce qu'il avançait s'appuyer sur les arguments fournis
par les saintes écritures qui font la force de notre religion.
L'Anglais rusé, et encore tout imbu des doctrines cambrid-
giennes, fit mine d'être vaincu à un tel point que, Gustave
triomphant, espérait le convertir au catholicisme. Mais l'astucieux étranger le conduisit si bien, d'argument en argument,
de controverse en controverse, qu'il commença à le convaincre;

il le quittait toujours en lui disant : — Gustave, si vous voulez
avoir des réponses à vos petits raisonnements, entrez dans le
cabinet de lecture, cherchez tel ou tel auteur, et lissez-le avec
attention. Votre imprudent enfant, plein de confiance en lui-
même, crut pouvoir se passer des conseils de juges plus com-
pétents que lui en matière si délicate et s'aventura sans guide
dans une lecture hétérodoxe faite pour le pervertir.

« Le directeur du *cabinet de lecture* est un apostat payé par
le clergé anglican pour corrompre les gens italiens qui ont la
mauvaise chance de tomber entre ses mains. C'est un déma-
gogue et un révolutionnaire enragé, qui, ayant renié la religion,
se plaît à pousser les pauvres adolescents à l'hérésie, en leur
donnant à lire des livres immoraux, propres à pervertir les
âmes les plus chrétiennes.

« Votre fils, chère comtesse, est justement tombé dans les
filets de ce fripon qui lui fournit des livres contre le Pape,
contre Jésus-Christ et son église, sans compter ceux prônant le
protestantisme et l'apostasie comme l'Achilli de Santi et plusieurs autres. Gustave n'osait pas apporter de gros livres à la
maison de peur d'être découvert, mais il portait sur lui, pour
les lire en cachette, tous ceux de petit format qu'il pouvait
mettre dans ses poches.

« Les fourbes qui avaient à cœur de le perdre, le voyant mûr
pour l'accomplissement de leur infernal projet, le présentèrent
chez la baronne Argentina, petite veuve, qui a voyagé longtemps en Suisse et en Allemagne, et qui revint de Bade l'année
dernière guérie d'une maladie de foie pour laquelle elle y était

allée. Il y a deux ans, elle a renié sa foi devant la statue de Jean-Jacques, dans l'île de Berg, en compagnie d'un certain Cammilluccio de la rue *del Pero*, qui joue au philosophe, tandis qu'il n'est pas même capable d'écrire son nom. L'institutrice de Clélia, fille de la baronne, est une vieille renégate comme elle, et veuve d'un ministre protestant. Ce fut elle qui instruisit Argentina dans cette religion, et à présent elle est la grande prêtresse de quelques désœuvrés fréquentant la maison qui, ne croyant pas en Dieu, font semblant de croire à Calvin.

« Le jour où Gustave fut présenté à la baronne, il la trouva entourée d'un petit cercle d'amis avec lesquels elle causait. Mais aussitôt que Cammilluccio fit son apparition, elle se leva et, suivie de toute la société, elle entra dans sa chambre retirée où se trouvaient les portraits de Calvin, de Beza et de Tira Paolo. Peu après, l'institutrice vint présider, la bible de Diodati à la main. Tout le monde s'assit et elle commença à lire le chapitre de l'Apocalypse sur la prostitution de Babylone. Après sa lecture elle se leva, et se mit à commenter le passage de saint Jean, l'appliquant à l'église romaine; elle partit de ce point pour faire un petit sermon dans le genre de ceux que faisait son mari à ses ouailles; le sermon terminé, l'assemblée se levait pour écouter, tête nue, les prières du soir qu'elle récitait à haute voix, après lesquelles, d'un visage froid et sévère, elle donnait congé à cette petite congrégation en leur souhaitant brièvement le bon soir.

« Il y a plus d'un mois, comtesse, que votre fils va, à une heure avancée de la nuit, se nourrir des blasphêmes qui sortent

de la bouche de cette vieille folle. Lui, si spirituel, ayant des
sentiments élevés, le cœur bien placé, s'avilit aux pieds d'une
femme ignorante et de basse extraction, qui se plaît à lui in-
culquer les plus grossières erreurs de sa secte! Bonté divine!
comment s'imaginer que ces esprits forts, dédaigneux de se
plier aux plus saintes lois de l'église catholique, qui refusent
de croire aux doctrines des Pères de l'église, et de se soumettre
aux décrets des conseils généraux, se laissant influencer par les
sophismes d'un ignorant, et les sots discours d'une femme!

« C'est avec le plus grand regret, chère et bonne comtesse,
que j'afflige votre cœur maternel par une cruelle révélation. N'y
voyez que le désir de retirer (s'il est encore temps), ce pauvre
jeune homme de l'abîme de perdition dans lequel il est tombé.
Vous êtes sage et prudente, vous trouverez sans doute moyen
de réparer le mal.

« Un ami sincère. »

Après cette lecture, il y eut un moment de profond silence.
Don Giovanni regardait la comtesse d'un air moitié étonné,
moitié irrité. La comtesse ne détachait point les yeux de son
visage pour tâcher de deviner ce qui se passait dans son esprit;
à la fin, la noble dame, n'y pouvant plus tenir, lui demanda
d'un ton ému :

— Eh bien! monsieur le curé, qu'en pensez-vous? Est-il
possible que notre ville, de tout temps si fidèle au catholicisme,
renferme un repaire de conjuration contre l'église ? une assem-
aussi perverse? une propagande aussi infernale? Ce sont des

calomnies, mon cher abbé, c'est une accusation portée par une personne jalouse de Gustave et ennemie de mon repos, qui croit mettre la zizanie entre nous en lui imputant une chose indigne! Non, non, monsieur le curé, mon fils est trop sincère dans son affection envers moi pour me donner ce coup mortel. Qu'en dites-vous ?

— Je dis que vous avez raison en ce qui concerne notre ville; ceci n'empêche pas quelques cervelles dépravées de s'y cacher, pour dénigrer notre sainte religion ; ils se cachent parce qu'ils craignent la lumière, et aiment mieux les ténèbres, car s'ils se montraient en plein jour, les fidèles découvriraient trop tôt l'ignoble et grimaçante figure de l'hérésie. Ce que vous dites de notre ville, je le dis, moi, de toute l'Italie qui n'a pas la moindre propension au protestantisme ; et tant qu'il y aura dans notre pays de bons et zélés ecclésiastiques, il restera fermement catholique, malgré les menées de ceux qui prêchent contre notre église.

— Dieu le veuille! répondit la comtesse, je le désire de toute mon âme; mais, en attendant, combien ne faudra-t-il pas souffrir d'abus, de blasphèmes et d'erreurs.

— Oh ! je ne le nie pas. Et quoique je vous certifie que l'Italie restera catholique, je ne puis dissimuler qu'il y a dans son sein des misérables qui emploient tous les moyens pour prendre dans leurs filets les niais ou les méchants qui se trouvent sur le chemin. Et je vous assure que, quant aux réunions chez la baronne Argentina, je savais déjà qu'il existe dans la ville des gens qui s'efforcent d'implanter dans ce petit coin italien un mélange de toutes les sectes protestantes, de façon à satisfaire et à flatter l'orgueil des fils d'outre-monts.

— Vraiment? Mon Dieu ! que dois-je entendre !

— Il y a de plus de fins limiers qui savent où lever le giber et une fois qu'ils l'ont aperçu, ils ne le lâchent pas qu'ils ne l'aient pris, car ils connaissent ses habitudes, ses allures, se cachettes. C'est-à-dire que s'ils veulent gagner à leur religion des gens du peuple, ils vont les relancer dans les auberges, les tavernes et les endroits suspects. Si, au contraire, ce sont des gens riches, ils fréquentent les théâtres, les maisons de jeu, les restaurants et même les tavernes, puisque de nos jours les comtes et les marquis ne dédaignent point cette vie peu distinguée des cabarets où ils entrent épicuriens pour en sortir souvent conspirateurs ou protestants.

Les artisans sont séduits par une foule d'autres moyens. Un des apôtres de l'anglicanisme se faufile dans les grands ateliers qui emploient beaucoup d'ouvriers, et promet monts et merveilles à ceux d'entre eux qui veulent se prêter à ses vues, ou bien il s'approche d'un ouvrier en haillons et engage avec lui une conversation comme celle-ci par exemple :

— Combien gagnes-tu, par jour, mon brave ?

— À peine vingt-cinq sous.

— C'est bien peu, mon pauvre homme ! Comment peux-tu, avec cela, subvenir aux besoins de ta famille? As-tu femme et enfants?

— Je crois bien, et ils ont bon appétit ! J'ai trois garçons, et deux filles déjà assez âgées, et entre tous nous gagnons si peu que la misère nous dévore.

— Pauvres gens ! Eh bien ! tiens, voilà un écu, et si tu t'enrôles dans une de nos assemblées, tu en auras autant tous les huit jours; si tu y conduis ta femme et tes enfants, on te donnera tant par tête.

— Et que fait-on parmi ces messieurs?

— De bonnes choses, des sermons et des prières, le dimanche.

— Oh ! si nos prêtres nous payaient autant que cela, ils ne manqueraient pas de monde pendant les offices.

— Vos prêtres sont avares et ignorants : c'est chez nous que vous apprendrez les doctrines de la vraie religion.

— La nôtre n'est-elle donc pas vraie ?

— Les prêtres l'ont gâtée. Chez nous on ne jeune pas, car le jeûne est une cruauté; on ne fait point maigre, parce que cela coûte trop cher et affaiblit; on ne se confesse point, puisque l'on ne doit raconter ses affaires à personne.

— C'est très-commode, vraiment ! Mais dites-moi, avez-vous un enfer ?

— Celui qui croit en Jésus-Christ mérite la vie éternelle.

— Oh ! je crois en lui.

— Donc, tu es sauvé.

— Comme c'est beau ! Mais excusez. Je suis employé dans une filature de soie, et si j'en vole quelques écheveaux à mon patron, les prêtres disent que l'on va en enfer; si je m'enivre, en enfer ; si je suis infidèle à ma femme, en enfer ; si je me mets en colère, en enfer. Que croire de tout cela ?

— Vos prêtres sont des ignorants, te dis-je ! Il suffit de croire en Jésus-Christ.

— Puisque c'est ainsi, je suis des vôtres. Faire ce que je veux, aller en paradis, et de plus gagner un écu par semaine ! C'est une bonne affaire, et j'y souscris.

Vous comprenez, comtesse, que de cette façon il n'est pas difficile d'accaparer des gens sans conscience, qui vivaient en mauvais catholiques, et vivront en mauvais protestants

— C'est vrai ! mais leurs pauvres enfants ! Voyez quel malheur ! Ils deviennent apôtres du démon, et corrompent à leur tour les jeunes gens du pays.

— N'ayez pas peur, comtesse, le clergé est sur ses gardes et le gouvernement le seconde. J'appris un jour qu'un méchant vieillard, ancien républicain de 97, prêchait le protestantisme et qu'il tenait ses assemblées vis-à-vis le magasin d'un marchand de madones et de crucifix en albâtre ou en bronze doré. Le mauvais vieillard ne manquait jamais de tourner en ridicule ces saintes images et d'exciter l'hilarité des jeunes désœuvrés qui l'écoutaient en débitant mille plaisanteries inconvenantes à ce sujet. Aussitôt que je fus informé du fait, j'allai chez lui et je lui enlevai l'envie de rire de telle façon qu'il vint au presbytère m'assurer que cela ne lui arriverait jamais plus.

Voulez-vous un autre exemple afin de vous faire une idée bien nette des piéges que les protestants tendent à nos chers citadins ? Dans une de ces bonnes familles patriarcales et religieuses de père en fils, où l'on égraine le rosaire chaque soir, où l'on fait des neuvaines à la madone, et dont les membres fréquentent régulièrement les sacrements, il y avait un petit garçon à peine âgé de sept ans qui allait à l'école. Un soir sa mère lui dit :

— Nino, viens vite assister au rosaire.

— Je n'y veux point venir, répondit-il.

— Et pourquoi?

— Parce que je ne suis plus papiste, que je n'irai plus à la messe, que je ne prierai plus pour papa, et que je ne lèverai plus ma casquette devant la madone qui est au bas de l'escalier.

La mère, stupéfaite d'entendre son enfant parler de la sorte, fit mine de n'avoir pas compris et lui répondit :

— Mon cher Ninetto, sois sage et viens devant la madone.

— Non, te dis-je! je n'y vais pas, c'est un péché ; Aristide, qui est un grand garçon, me l'a dit.

— Quel est donc cet Aristide, un hérétique sans doute? demanda la mère. Mais l'enfant se mit à bouder et se tut.

La grand'mère, la tante et la sœur de l'enfant qui se trouvaient dans la chambre voisine avaient tout entendu. Elles étaient scandalisées et jetaient les hauts cris. Le petit, ahuri par tant de vacarme, se tenait coit. Pendant ce temps le père arrive et on lui raconte le fait avec force exclamations.

Il prend l'enfant par la main, le conduit à l'écart et lui demande compte de ce qu'il venait de dire. Il apprend alors que, durant l'absence des maîtres, Aristide leur enseignait toutes ces hérésies. Le même soir, le père vint me trouver et me raconta ce qui venait d'arriver ; je pris des informations et je sus que cet

Aristide était un petit garçon âgé de treize ans, fils d'un républicain forcené de 49 , qui avait commis toutes sortes de mé-
faits et qui, à la fin, s'était vendu ainsi que sa femme au comité
anglican. Ils se servaient de leur fils pour faire de la propagande
près des autres enfants. Aristide fut, par les ordres du ministre
du *buon governo,* confié à un bon prêtre qui essaya de le
remettre dans la bonne voie.

Et voyez, comtesse, continua don Giovanni, comment on s'y
prend pour détourner les paysans de leurs devoirs : Les Anglais
qui viennent passer l'hiver ici ont acheté hors de la ville un
beau casino dans lequel ils ont fait bâtir une chapelle calviniste
où ils vont chaque dimanche assister aux offices, et entendre
le sermon d'un pasteur qui lance du haut de la chaire des
imprécations contre Rome et l'Italie. Or le dimanche une longue
file de voitures stationnent devant ce casino, et les paysans qui
viennent en ville pour entendre la messe s'arrêtent, ébahis, pour
admirer ces beaux équipages; alors un des affilés protestants
s'avance vers eux et leur demande poliment :

— Où allez-vous, mes braves gens ?

— A la messe.

— Oh ! vous pouvez entrer ici sans aller plus loin. On y
prêche aussi.

— Vraiment ?

— Oui, entrez.

Et les ignorants montent l'escalier, entrent dans la chapelle,
où ils sont éblouis par la présence de gens richement parés, et
du pasteur qui prêche en cravate blanche et en surplis. Ils

écoutent le sermon bouche béante et à la sortie, ils trouvent quelqu'un qui se charge de leur donner des leçons religieuses.

Lorsque ce fait vint à nos oreilles, il y eut une conférence entre les curés de la ville qui avertirent qui de droit et il fut envoyé des patrouilles de gendarmerie le long du chemin pour tenir ces zélés propagateurs en sujétion. Malgré toutes ces précautions, nous ne pouvons empêcher les distributions des Bibles qui se répandent par milliers; on en trouve éparpillées sur les bancs d'églises, sur les tables d'auberges, dans les poches des voitures publiques, partout enfin où on peut les faufiler. Tenez, comtesse, voyez ceci! C'est l'Évangile de saint Jean. N'est-ce pas une superbe édition? Et la reliure, n'est-elle point magnifique? Eh bien! devinez où elle fut trouvée? Sur l'appui de mon confessionnal, par une de mes pénitentes qui me la remit en me disant :

— Mon père, j'ai trouvé ce petit livre, une de vos pénitentes doit l'avoir oublié, c'est peut-être une neuvaine? Je la regardai et répondis en souriant: Oui, c'est en effet une neuvaine de saint Caloin.

A ces mots la comtesse, ne se possédant p'us, s'écria :

— Ah! les méchants! les menteurs! C'est ainsi qu'ils ont perdu mon Gustave, et pourtant il ne fréquentait ni les tavernes, ni les maisons de jeu, ni les endroits suspects! Mais à quoi bon! Néanmoins, je ne puis croire que cette lettre dit vrai! don Giovanni, je vous en prie, consolez-moi, dites-moi ce que vous en pensez?

— Je ne sais que vous répondre, comtesse, je voudrais que

ce ne fut pas vrai, je le désire même de tout mon cœur; je donnerais tout au monde pour pouvoir vous assurer que c'est une calomnie; et pourtant en lisant attentivement cette lettre, elle me paraît tenir tant de minutieuses explications, tant de renseignements précis, que je n'oserais affirmer qu'elle est mensongère. Quoique les bons antécédents de votre fils nous permettent de douter de la vérité de cette assertion anonyme, permettez-moi de vous donner mon opinion à cet égard :

Il n'est pas nécessaire pour apostasier d'être un débauché, il y en a qui en arrivent là par la volonté de Dieu qui veut les punir de leur orgueil et de leur présomption, en dédaignant les conseils de ceux qui pourraient les tenir dans les bornes du vrai et du juste.

Je sais bien que Gustave vous aime, et que vous n'avez jamais eu à vous plaindre de lui, mais qui vous assure qu'il n'a pas quelque vice, dont par orgueil il n'a pas voulu se confesser, et que pour l'en punir, Dieu ne l'ait point privé des lumières de la foi? Vous savez, du reste, combien il méprise les prêtres, puisque quand ils viennent vous rendre visite, votre fils sort immédiatement de l'appartement.

De plus, il s'est adonné à l'étude de la philosophie sans guide, sans conseils, ce qui ne peut manquer d'amener de funestes conséquences, en lui faisant prendre le faux pour le vrai et le conduire au mal. Quoi d'étonnant alors si, pour le simple désir de faire quelque chose d'extraordinaire, il a apostasié? surtout, y ayant été poussé par un astucieux séducteur.

Croyez-moi, comtesse, la plupart des jeunes gens se perdent par de mauvaises lectures.

— Ah! don Giovanni interrompit la comtesse, au lieu de me consoler, vous m'affligez davantage! Vos paroles me font voir clairement toute l'étendue de mon malheur. Pauvre Gustave! qui te tirera de l'abîme où tu t'es précipité? qui te rendra à l'amour maternel? Don Giovanni, sauvez mon enfant, je vous en supplie! je vous en conjure!

— Comtesse, soyez persuadée que personne, mieux que vous, n'est en état d'essayer de le ramener, et même que tout le mal sera à son paroxisme, nul autre ne pourra approcher le malade. Vous devez d'abord chercher à savoir si ce que l'on vous a écrit est vrai, il faut pour cela vous y prendre adroitement; aller dans sa chambre le matin à son réveil, alors que l'esprit reposé, lucide, est dégagé de toute préoccupation, et le prendre plutôt par les sentiments que par le raisonnement; éviter toute discussion, faire simplement appel à ses souvenirs d'enfance et lui remémorer avec quel plaisir pour vous deux il accomplissait alors ses devoirs religieux.

Je ne vous dis pas de pleurer; les larmes maternelles viendront naturellement baigner son visage, et l'émouvoir. Alors, laissant de côté tout raisonnement, vous le regarderez tendrement et vous lui direz du ton le plus affectueux :

— Mon cher fils, qui donc a osé t'enlever à ta mère? te rendre parjure à la foi catholique, et rebelle à la religion du Christ? Devrai-je donc rougir d'avoir porté dans mon sein et nourri de mon lait un renégat? Ah! mon cher Gustave, pose ta tête sur ma poitrine, écoute les reproches que t'adresse mon cœur, et vois ma douleur que seul tu peux calmer.

Si votre fils vous aime réellement il sera profondément tou ché, et vous finirez par le convaincre en lui démontrant combien lui, naguère si noble, et ayant des sentiments si élevés, s'est abaissé en apostasiant, puisqu'il s'est assimilé à des gens sans principes, à des débauchés, à des fripons qu'il aurait honte d'appeler ses amis, et que les protestants eux-mêmes méprisent profondément. Faites-lui observer par contraste combien d'hommes riches et éminents, doués de toutes les vertus, ont abandonné leur fortune, leur position, une brillante carrière, pour se convertir au catholicisme; et qu'ils sont à cette heure les plus fermes champions de l'Eglise, et nous animent, par leur ferveur et leur piété, à acquérir la perfection chrétienne.

Ceci devrait suffire à ramener votre fils à des sentiments meilleurs; toutefois je suis d'avis qu'il vaudrait mieux le laisser juger par lui-même des erreurs du protestantisme. Pour cela je vous conseille de vous adresser à votre cousin Carlo, c'est un homme érudit, un diplomate distingué, plein d'expérience, un zélé catholique, et il connaît à fond la grande Bretagne. Priez-le d'accompagner Gustave en Angleterre, et une fois là qu'il lui fasse toucher du bout du doigt les errements produits par une religion composée de sectes diverses se désavouant entre elles; qu'il voit de ses propres yeux les horreurs des grandes fabriques de Manchester, Bath et Liverpool remplies de misérables ouvriers décharnés, hâves, mourant de fatigue et de faim, qui, quand ils s'avisent de mendier un morceau de pain dont ils ont le plus grand besoin, sont jetés en prison comme le dernier des criminels. Il sortira de là indigné et dégoûté d'une religion inspirant si peu d'humanité, et dépourvue de senti- ments charitables; et il retournera en Italie complétement guéri. Essayez de ce moyen, comtesse, tout en invoquant la divine miséricorde qui exauce toujours la prière des mères affligées.

VIII

LA GROTTE SACRÉE

Oh ! cher don Francesco, quel bon vent vous amène? Que je
suis heureux de vous voir après tant d'années ! que fait-on chez
vous? quelles nouvelles m'apportez-vous ? que Dieu vous
bénisse, quand êtes-vous donc arrivé?

— Hier au soir, je suis venu avec un jeune Romain qui va
passer l'hiver à Pise; vous savez combien l'air est favorable là-
bas à ceux qui souffrent de la poitrine?

Le dialogue avait lieu entre don Giovanni et un bon prêtre
de Subiaco qu'il connaissait depuis long-temps et qu'il venait
de rencontrer par hasard sur la place du *Palagio* en se rendant
à sa paroisse. Après avoir échangé les premières salutations,

don Giovanni, qui était fort poli, l'invita à dîner ainsi que
son compagnon de voyage, pour une heure de l'après-midi. Afin
de rendre le dîner plus agréable, il y convia deux de ses amis,
hommes d'esprit et joyeux compères. Le dîner fut des mieux
réussis, Pasqua resta à la hauteur de sa réputation et reçut les
compliments de toute la société. Un des amis de don Giovanni
s'appelait Filippo, l'autre Severino ; celui-ci, quoique bon
chrétien, professait des idées libres et indépendantes, qu'il aurait
été difficile de déraciner.

Au dessert, les langues se délièrent, et la conversation
commença à s'animer; don Giovanni demanda au voyageur s'il
était encore pénitencier de la grotte sacrée de saint Benedetto ;
sur sa réponse affirmative, il lui posa plusieurs questions sur
ce célèbre sanctuaire, et voulut savoir si, comme dans les siècles
passés, il était fréquenté par un aussi grand nombre de pèlerins ; don Francesco répondit qu'à certaines époques de
l'année, ces montagnes escarpées étaient sillonnées de pèlerins
venant de tous les coins de l'Italie pour faire leurs dévotions
dans ces saints lieux.

Alors Filippo, qui aimait à apprendre de nouvelles choses,
partit de là pour interroger don Francesco sur les particularités
de cette grotte célèbre dans laquelle saint Benedetto, à peine
âgé de quinze ans, se retira et où il vécut un grand nombre
d'années loin du monde, admirant, au milieu de cette nature
sauvage, la grandeur et la puissance divine. Don Francesco ne
se fit point prier pour satisfaire une aussi louable curiosité et
commença son récit sans plus tarder :

Imaginez-vous, mes chers amis, un vallon obscur formé par
les flancs élevés et abruptes de deux montagnes tellement
rapprochées à leur base que l'Aniene, rivière très-rapide dans
cet endroit, peut à peine s'y frayer un passage et qu'elle se précipite avec fracas de rocher en rocher, d'abîme en abîme pour
venir s'engloutir dans deux grands creux qui, du temps de
saint Benedetto, formaient deux lacs traversés par la rivière
qui de là passait par Subiaco et allait se jeter dans le Tibre. Le
défilé, entre ces deux montagnes, offre un contraste frappant ;
le côté tourné vers le Nord, très-boisé, est couvert de chênes
dont les branches épaisses et d'un vert sombre, donne à cet
endroit un aspect triste, presqu'effrayant; tandis que du côté du
midi, la forêt de chênes, d'un vert tendre, s'étend jusqu'aux
deux tiers de la déclivité, puis la végétation s'arrête brusquement, et on voit s'élever jusqu'aux nues d'énormes blocs de
pierres déchiquetées, dont les contours se détachent nettement
du ciel. Ces rocs raboteux et grisâtres abondent en énormes
crevasses, qui forment des antres caverneux, et des précipices
profonds et terribles.

Saint Romain, moine vénérable, estimé dans tout le pays,
avait son hermitage caché entre les chênes sur le sommet d'un
de ces rochers, c'est là que le jeune Benedetto vint le voir pour
le prier de le guider sur le chemin de la vie éternelle. Il était
depuis quelques jours avec le bon solitaire lorsqu'il découvrit,
entre les fentes de ces pierres monstrueuses, une grotte profondément encaissée dans la montagne et qui formait une chambre
à demi close par des ronces et des broussailles. L'ardent jeune

homme, après avoir obtenu l'assentiment du pieux hermite, grimpa de roc en roc jusqu'à l'ouverture de la grotte où il se précipita. Les parois de cette caverne sont couverts de stalactites de formes variées et bizarres ; au bout de quelques pas, le sol s'abaisse et conduit à une espèce de niche dans laquelle le saint jeune homme s'accroupissait pour dormir; en face, sur une petite élévation, il avait planté une croix grossièrement taillée devant laquelle il venait prier.

Cet endroit, étroit et incommode, était ouvert à tous les vents, de sorte que le saint jeune homme était exposé aux intempéries des saisons ; il grelottait l'hiver, tandis que dans la belle saison il était brûlé par les rayons ardents du soleil. Saint Romano lui apportait chaque jour un panier contenant du biscuit, des herbes et un peu d'eau qu'il faisait descendre dans la grotte par une petite corde. Saint Benedetto demeura ainsi sequestré près de trente ans, pendant lesquels il ne s'occupa que de Dieu et travailla à son salut par les privations, les mortifications de la chair et les prières.

— Je n'ai jamais pu comprendre, dit Severino, que l'homme puisse se renfermer dans une tannière comme un animal sauvage, dans le but de plaire à Dieu, qui nous a créés, au contraire, amis de la société et de la vie en commun. De nos jours, cette existence solitaire et dépourvue de tout contact familier serait hors de saison ; car l'homme est un des membres de la grande famille humaine, et, comme tel, il est de son devoir de travailler pour elle. Je trouve donc qu'au lieu de bien mériter de Dieu, celui qui se retire du monde mérite d'être puni. Il est bien heureux pour nous que le temps des moines et des ermites soit passé, et que la vie active ait remplacé la vie paresseuse et inutile des solitaires.

— Décidément, mon cher ami, reprit don Giovanni, le malaga vous a paru si bon que vous ne voyez rien au-delà des jouissances matérielles. Certes, si nous n'étions qu'un composé de nerfs, d'os, de bras et de jambes, je vous donnerais raison ; mais l'homme, mon cher Severino, a une âme spirituelle faite à l'image de Dieu ; or, elle doit avoir de plus nobles aspirations que celles de notre corps. Car si celui qui travaille le plus avait le plus grand mérite, Peppe le menuisier, Marco le forgeron et Tito le cordonnier, seraient de beaucoup au-dessus des plus grands hommes d'Etat et de ceux occupant des places où l'esprit et le jugement sont d'un plus grand secours que bras et jambes.

— Au moins, ajouta Severino, les hommes distingués que vous venez de mentionner travaillent pour le genre humain. Mais que faisait] Benedetto au profit de l'humanité en restant renfermé dans sa grotte ?

— Ce qu'il faisait ? il se sanctifiait, il travaillait à la gloire de Dieu pour laquelle nous avons exclusivement été créés ; il adorait, admirait et louait le Créateur de toutes choses ; son cœur était embrasé d'amour pour Notre-Seigneur Jésus-Christ, sagesse éternelle qui, pour nous élever jusqu'à lui, ne craignit point de se faire homme et de souffrir mort et passion. Ce que Benedetto faisait dans cette grotte ? Son âme ne restait point renfermée dans l'espace étroit de ces rochers, elle s'envolait vers le trône de Dieu, l'implorait et le priait d'éclairer les hommes de ses divines lumières, d'ouvrir leur intelligence et leur cœur aux choses célestes, qu'ils méconnaissent pour ne penser qu'aux choses terrestres et matérielles.

Vous me demandez ce que Benedetto faisait au profit de l'humanité dans sa solitude ? Il fit plus que n'ont jamais fait les plus célèbres législateurs et conquérants de l'antiquité. C'est de cette caverne que sortit le rayon illuminateur de l'Occident qui fit connaître le nom du Christ à tant de barbares, qui répandit, par le secours de l'Evangile, cette civilisation dont nous sommes si fiers, et qui donna pendant plus de mille ans tant de saints à l'église, tant de pontifes au Vatican, tant de maîtres aux beaux-arts et tant de développement à l'agriculture. C'est de cette grotte que sortit l'esprit qui vint animer une foule de saints hommes du courage d'entreprendre la conversion de l'Europe entière, comme saint Augustin et ses compagnons l'avaient fait pour l'Angleterre. Maintenant cette même Europe, ingrate et oublieuse de tant de bienfaits, hait et méprise ces moines qui, par les doctrines célestes des livres sacrés, civilisèrent les peuplades incultes et féroces qui la désolaient, et dont la barbarie fut la cause de la décadence romaine.

Voilà, mon cher Severino, ce que Benedetto faisait enseveli vivant dans cette grotte, visitée aujourd'hui par des papes, des rois et des empereurs qui, en entrant dans cette obscure retraite, sentent leur âme attendrie planer dans l'immensité et absorbée par la contemplation des prodiges accomplis dans ce lieu sacré. Connaissez-vous un palais d'où soit sorti autant de grandeur et de magnificence? Cyrus, Alexandre et César subjuguèrent diverses nations par les armes, tuant, brûlant et volant tout sur leur passage, répandant le sang, la terreur et donnant la mort. Tandis que Benedetto, par la sagesse, la charité et la douceur du Christ, soumit des royaumes et des empires, répandant partout l'amour, la paix et le bonheur. Les conquérants eux-mêmes jetèrent au loin leurs armes homicides pour se retirer au monastère de Saint-Benedetto. Les souverains déposèrent leurs couronnes et allèrent chercher à l'ombre de ces cloîtres le repos de l'âme qu'ils ne pouvaient trouver dans leur palais et sur le trône.

C'est dans ces couvents où toi, mon pauvre ami, vois régner la paresse et l'inaction, que se conservèrent et se multiplièrent les manuscrits des classiques grecs sans lesquels l'Europe si fière de son érudition ne saurait ni lire, ni écrire et vivrait dans l'ignorance la plus complète, comme ses orgueilleux conquérants qui remplaçaient le droit par la force, la grandeur par la violence, la noblesse par l'esclavage des vassaux.

— Et notez bien, ajouta don Francesco, qu'il est reconnu que ce sont les moines qui ravivèrent le goût pour les beaux-arts en Occident. Il est certain que la belle madone peinte à fresque, dans un enfoncement de l'antre dans lequel le jeune ermite instruisait les bergers, est de son temps; car cette image, devant laquelle il priait, est faite dans le style des premiers siècles de l'Eglise.

— J'ai entendu dire par plusieurs de mes amis, interrompit Filippo, que la grotte sacrée ainsi que le monastère de Sainte-

Scolastica renferment des merveilles d'art dignes d'être ad-
mirées.

— C'est très-vrai, répliqua don Francesco : le monastère
seul est une merveille en lui-même, car qui croirait jamais
trouver dans un endroit aussi sauvage et sur des rochers à pic,
un si beau temple et un couvent entouré de jardins magnifiques
et de terrasses suspendues sur l'abîme ? Après avoir traversé le
bois de chênes, on monte, par un très-étroit sentier taillé dans le
roc, et on se trouve sur le plateau d'un rocher escarpé d'où l'on
domine le vallon ; au-dessus on voit les piliers énormes et les
arcs sur lesquels repose le monastère, qui paraît rivé à ces horribles pierres. De là le coup d'œil est vraiment magique, et
l'admiration est à son comble lorsque, en entrant dans la cour,
on aperçoit, suspendu au-dessus du sanctuaire, des quartiers
de roches énormes qui semblent prêts à l'écraser. Il y en a un
entre autre, ne tenant que d'un seul côté, qui semble menacer
à chaque instant de s'abîmer en entraînant le monastère dans
sa chute. On ne peut comprendre comment, sans miracle, ce
bloc gigantesque reste ainsi en équilibre depuis tant de siècles.
L'abbé Casaretto fit placer dans la cour la statue du saint pa-
triarche qui, la main élevée en signe de commandement, paraît
dire à cette masse menaçante :

— *Arrête, respecte mes enfants !*

— Je crois avoir lu dans les dialogues de saint Grégoire, dit
don Giovanni, qu'en effet cette grande pierre suspendue sur le
monastère restait immobile par l'ordre de saint Benedetto.

— Ce qu'il y a de certain, répliqua don Francesco, c'est que

les protestants qui visitent la grotte sacrée, ne peuvent conce-
voir un pareil prodige et sont frappés de stupeur et d'étonnement en le regardant. Mais, pour en revenir aux arts, je vais
vous décrire le monastère qui est un chef-d'œuvre d'architec-
ture ; on est émerveillé de trouver dans un endroit aussi rocail-
leux cette quantité de petits arcs, de passages tournants autour
de la montagne, qui conduisent à la grotte sacrée et à d'autres
cavernes environnantes. On se demande, en les regardant, sur
quoi tout cela peut-il reposer? comment tiennent ces murs,
ces arcs? quels sont les moëllons qui les relient à ces bossages,
à ces fentes profondes? comment est-on parvenu à ouvrir un
passage à la lumière? et enfin comment est-on arrivé à tailler
dans la roche vive ces escaliers tortueux qui aboutissent à chaque enfoncement, à chaque concavité?

Du plateau dominant la forêt de chênes dont j'ai parlé plus
haut, on entre par un passage en guise de porche dans l'église
bâtie partie dehors, partie dans l'intérieur de la montagne. Du
côté de l'Epître, on rencontre plusieurs chapelles enterrées
sous une grande pierre, et de là on va dans la sacristie, qui
renferme des vases sacrés du plus grand prix, et qui datent
pour la plupart du VIe siècle. En sortant de la sacristie, on
entre dans une petite cour intérieure et on monte par un escalier sur le sommet du rocher où se trouve l'ermitage de
l'abbé, composé d'une cellule et d'une chapelle où il dit la
messe.

Du côté de l'Evangile on descend dans la grotte sacrée ; derrière l'autel se trouve la magnifique statue du jeune Benedetto,

les mains jointes, les yeux tournés vers un crucifix ; son visage exprime un tel ravissement extatique, que l'on éprouve en le regardant une pieuse émotion qui vous attire vers la vertu et inspire des sentiments de dévotion plus puissants que ne pourrait le faire le plus chaleureux sermon d'un éloquent orateur.

Hors de la grotte, un vestibule conduit d'un côté au chœur des moines, restauré avec beaucoup de goût par l'abbé Casaretto, dans l'ancien style gothique dominant dans tout ce splendide édifice ; de l'autre côté, on arrive au saint escalier par lequel on descend dans la grande grotte où saint Benedetto instruisait les bergers ; devant la grotte, on rencontre un creux en face duquel s'étend une petite esplanade jadis couverte de ronces et d'orties. C'est là qu'un jour le saint jeune homme fut si fortement en butte aux tentations du démon que, ne pouvant le chasser par des prières, il déchira ses membres en se roulant tout nu sur des buissons épineux jusqu'à ce que l'esprit malin prit la fuite, laissant le jeune anachorète meurtri et couvert de sang. Saint François d'Assise, pour honorer tant de pureté, fit remplacer les ronces par des rosiers toujours en fleurs qui réjouissent la vue au milieu de cette nature sauvage. Il m'est impossible de vous énumérer, dans un si court espace de temps, toutes les beautés que renferme ce sanctuaire privilégié, je me bornerai donc à ajouter, en résumé, que l'église ainsi que les moindres recoins sont couverts des plus admirables peintures de l'école de Ghiotto et de Ghirlandajo.

Si vous pouviez voir le somptueux monastère de Sainte-Scolastica, bâti au bas de ces rochers de l'ancien lac, avec ses

grottes de Saint-Onorato, ses cloîtres majestueux, son vaste
temple et ses anciennes constructions des ixᵉ et xᵉ siècles,
vous seriez frappé d'étonnement et vous diriez avec don Giovanni que, tandis que l'Europe nageait dans les ténèbres, il
sortait de ces rochers le plus pur rayon de lumière qui vînt
illuminer les arts et les sciences. C'est justement dans ce siècle barbare, nommé avec raison siècle de fer, que fut bâtie
l'illustre basilique consacrée en 981, par Benedetto VII. Un
demi-siècle plus tard voyait s'élever la grande tour ainsi que
les colonnes de marbre supportant les arcs qui embellissent
l'enceinte intérieure d'une partie du monastère.

La bibliothèque de Sainte-Scolastica contient les premiers
exemplaires typographiques qui parurent en Italie, et entre
autres la magnifique édition du premier livre imprimé par les
deux Allemands Corrado Suveynheym et Arnoldo Pannarts,
sans compter tous ceux commencés à Sainte-Scolastica et terminés dans la maison Manini à Rome. Cette collection d'édi-
tions rares est parfaitement conservée, ce qui prouve combien
les moines savaient l'apprécier. Les archives du couvent ne le
cèdent en rien à la bibliothèque, elles renferment tant de papiers précieux et uniques en leur genre, que de tous les points
de l'Europe les savants viennent les consulter et y puiser des
renseignements inédits et curieux. Enfin il y a accumulé, entre
ces rudes montagnes, tant de richesses, de magnificences et
tant de splendides beautés, qu'il serait à désirer que ceux
qui accusent ces pieux solitaires de paresse et d'inutilité,
vinssent à Subiaco pour juger par eux-mêmes si l'activité

des travailleurs modernes pourrait jamais produire de tels
chefs-d'œuvre.

— Dites-moi, mon cher don Francesco, reprit don Giovanni,
s'il y a encore beaucoup de moines à la grotte sacrée, et quel
est leur genre de vie?

— Le plus grand nombre, répondit don Francesco, habite le
monastère de Sainte-Scolastica, et il n'y a à la grotte sacrée que
ceux qui ont la ferme volonté de vivre solitaires et absorbés
dans la pénitence et le silence. Le silence surtout y est si rigou-
reusement observé, que dans l'hermitage il n'est point permis
de prononcer un seul mot, même dans les cas urgents ou de
maladies. Si les solitaires ont besoin de dire quelque chose, ils
sont obligés d'aller dans un parloir au bout du corridor où ils
expliquent brièvement à l'abbé ce qu'il leur faut; celui-ci leur
donne ensuite sa bénédiction, après laquelle ils se retirent de
nouveau dans leurs cellules. Ils y restent constamment enfermés
occupés à prier, à étudier, ou à quelque ouvrage manuel, comme
les anciens pères de l'hermitage. Leurs repas, qu'ils prennent
seuls ainsi que tout ce dont ils ont besoin leur est transmis par
un tour. Lorsqu'ils se rencontrent entre eux ils abattent leurs
capuchons, s'inclinent en silence, et passent outre. Ils font
toujours maigre; en cas de maladie, si le médecin leur ordonne
de manger gras, on les transporte à Sainte-Scolastica, car la
viande est sévèrement prohibée à l'hermitage. Ils passent beaucoup de temps dans le chœur où ils descendent entre une heure
et deux heures du matin, et psalmodient lentement en accen-
tuant chaque syllabe. La cloche du monastère, dont le son est

répercuté à l'infini par l'écho des montagnes, inspire en l'entendant un sentiment de crainte si difficile à surmonter, que
parfois des brigands réfugiés dans les buissons environnants,
pour échapper aux recherches de la justice, réveillés en sursaut
par le son des cloches, se levaient d'un bond comme s'ils
avaient entendu la trompette du jugement dernier, et, saisis d'épouvante, allaient se jeter aux pieds du pénitencier de la grotte
sacrée, afin de se réconcilier avec Dieu. Tout enfin, dans cet
endroit béni, exalte la grandeur et la gloire de l'éternel, et
nous fait voir combien sont éphémères les choses d'ici-bas.

Aussitôt que don Francesco eut fini de parler, don Giòvanni
prit sa montre, pour voir l'heure qu'il était, et dit :

— Mes amis, je suis obligé de vous quitter pour aller à une
conférence, et de là à la paroisse où m'attendent plusieurs
écoles de charité. Les *Pieuses institutrices* s'occupent avec
tant de zèle de l'éducation des petites filles pauvres, qu'elles
savent leur catéchisme sur le bout des doigts, et n'hésitent
jamais à répondre, quelle que soit l'interrogation que je leur
pose. Non seulement elles citent de mémoire le Bellarmino,
mais donnent les plus claires explications que l'on puisse désirer. Oh ! oui, je considère ces bonnes maîtresses comme mon
bras droit, et je suis sûr qu'aucune de mes jeunes filles ne se
marie sans être parfaitement instruite sur ses devoirs religieux.
Elles sont aussi bien surveillées chez elles que dehors, on ne
les perd jamais de vue. Ces bonnes maîtresses ont à leur service de jeunes servantes fortes et robustes, qui, le soir, font
leur ronde dans tous les magasins, où elles vont chercher les

ouvrières les plus jolies, pour les reconduire à la maison. Si dans le trajet quelqu'un s'avise de les importuner, nos amazones se mettent à l'arrière-garde, et ne dédaignent pas, à l'occasion, de jouer des ongles et des poings. Ce qui m'amuse le plus, c'est le dimanche : elles viennent en confesse s'accuser d'avoir donné de vigoureux coups de poing à un tel, ou un tel autre qui venait papillonner autour de Nina, ou de Gemetta la corsetière, et concluent en me disant : Voyez, mon père, combien je suis méchante ! Je leur réponds alors. — Ma fille, ce sont des coups bénis que vous donnez là, de saintes corrections, des égratignures efficaces, à l'occasion ; ne craignez rien, frappez fort, et que Dieu vous bénisse.

A ces mots don Giovanni sortit avec ses amis pour aller à l'église où l'attendaient déjà les nobles dames qui, avec les sœurs de Sainte-Dorothée, dirigent les exercices religieux de la paroisse. Elles étaient pour don Giovanni d'un aussi grand secours que les pieuses institutrices, car ces bonnes dames s'occupent non-seulement à enseigner le catéchisme aux jeunes paroissiennes, mais veillent à leur éducation morale et aident le curé à retirer de la misère et de la perdition de pauvres filles que la pénurie pousse au dévergondage.

Quelques-unes de ces dames sont très-habiles à découvrir ces malheureuses qu'elles sauvent presque malgré elles. Mais il y a dans la paroisse quelqu'un de plus fort que ces dames en pareille chasse. C'est un vieillard d'un flair si fin, qu'il ne manque jamais son gibier : il rôde partout, parcourt tous les endroits fréquentés par les gens de mauvaise vie, et quand il rencontre une jeune personne se promenant dans ces parages suspects, il l'aborde, se met dans ses bonnes grâces en lui donnant des sucreries dont il a toujours plein ses poches et la conduit à don Giovanni qui l'héberge, jusqu'à ce que le bon vieillard ait trouvé, dans une grande maison et hors de danger, une place pour sa protégée. Il gagne à ce métier beaucoup d'argent et la satisfaction de sauver et de placer un grand nombre de jeunes filles.

Notre abbé a de plus à sa disposition des médecins, payés par la commune, qui ont pour mission d'avertir le curé aussitôt qu'il voit ses malades en danger de mort ; alors celui-ci vient d'abord les visiter lui-même, et envoie ensuite ses chapelains pour les assister. Si, au contraire, la personne malade est assez riche pour avoir son propre médecin, don Giovanni s'arrange toujours pour trouver le moyen d'arriver jusqu'à lui, par l'intermédiaire des gens de service. Quand il est appelé trop tard pour administrer les derniers sacrements, il s'en prend au médecin qu'il malmène sans respect humain, l'accusant d'avoir, par négligence, causé la damnation de son malade, en n'avertissant le prêtre qu'au dernier moment.

Il avait placé près des théâtres des femmes de confiance qui louaient des chambres meublées aux danseuses, aux figurantes et aux cantatrices. Elles s'insinuaient dans les bonnes grâces de ces dames par mille politesses, mille gracieusetés qui finissaient par les captiver et leur faisaient prendre en amitié leurs aimables hôtesses ; ces dernières en profitaient pour entrer en conversation pendant qu'elles servaient le souper, elles parlaient surtout de choses religieuses, et petit à petit elles amenaient ces âmes tourmentées à des sentiments de dévotion dont elles avaient le plus grand besoin. Plus d'une fois, ces pauvres actrices, après avoir écouté avec avidité parler de Dieu et de sa miséricorde, se prenaient à désirer ardemment le calme et le repos que donne la religion. Ainsi préparées, aussitôt que l'une d'elles tombait malade, on allait chercher le digne curé, qui les consolait, les reconfortait et leur faisait faire une bonne confession.

Pour empêcher que des filles perdues ne vinssent s'établir dans la paroisse, don Giovanni faisait faire bonne garde par les femmes d'artisans qui demeuraient dans les petites rues où d'ordinaire vont se loger les filles de joie. Ces ouvrières étaient pour la plupart d'anciennes élèves des pieuses institutrices, de sorte qu'elles étaient tout dévouées à l'abbé qui les plaçait en sentinelle et les chargeait de purifier le voisinage ; de sorte que si une fille de mauvaise vie avait le malheur de s'aventurer dans le quartier, elle était poursuivie sans relâche des huées et des insultes de ces bonnes commères qui ne lâchaient prise que lorsqu'elles étaient parvenues à la chasser. Don Giovanni ne manquait pas de les complimenter dans leur succès, et leur disait en souriant, qu'elles valaient à elles seules dix agents de police.

Toutefois, s'il ne souffrait point ces mauvaises herbes dans sa paroisse, il était très-charitable envers les malheureuses que la pauvreté poussait à mal faire ; aussi prenait-il grand soin de ces infortunées ; il leur procurait de l'ouvrage, les recommandait à la sollicitude des personnes pieuses, les ramenait dans le chemin de la vertu, leur faisait fréquenter le catéchisme, et bien souvent il leur cherchait lui-même un bon mari.

Les femmes qui, par un méfait quelconque, avaient mérité la prison, étaient un objet particulier de sollicitude pour le respectable ecclésiastique. Il faisait des démarches sans fin pour faire commuer leur peine, employait tous les moyens imaginables pour leur rendre la captivité moins dure ; enfin, pour empêcher ces malheureuses de s'invectiver et de se battre entre elles, il avait obtenu la surveillance de religieuses belges qui maintenaient l'ordre d'une façon admirable. Que d'abnégation ne faut-il pas à ces bonnes sœurs qui, par amour du prochain, se condamnent à vivre parmi des créatures perverses ayant commis tous les crimes, sans compter le courage dont elles font preuve en se résignant à passer des jours tristes et pleins d'amertumes dans les murs d'une prison !

Don Giovanni ayant visité les maisons de détention peu après l'arrivée de ces saintes religieuses, fut ravi d'étonnement et de joie en voyant ces enfers si complétement transformés. Il trouva les détenues tranquillement assises sur leurs escabelles, le visage tourné vers leurs maîtresses qu'elles écoutaient avec respect, et chacune d'elles avait sur les genoux un tambour à dentelles et travaillaient avec beaucoup d'entrain. Elles étaient propres, les cheveux soigneusement arrangés , leur maintien était modeste, leur visage calme et reposé. Enfin elles ne ressemblaient plus en rien aux brutales et insolantes créatures que le bon curé avait vues jusqu'alors; à ce spectacle il ne put retenir des larmes d'attendrissement, tout en admirant ce nouveau prodige de la grâce divine.

Heureux de ce résultat inespéré, il employa le même moyen pour les prisons d'hommes, en faisant venir des religieux flamands, qui se consacrèrent entièrement au service des prisonniers, et les secouraient avec la plus sublime charité.

L'excellent prêtre nourrissait aussi le projet de fonder un établissement dirigé par des religieuses qui se chargent de placer et d'héberger les servantes qui viennent de leur pays simples et naïves, et qui seraient bien vite perverties par la licence ainsi que par les mauvais exemples qui règnent dans les grandes villes, si on les laissait livrées à elles-mêmes. C'est donc une œuvre méritoire de la part de ces saintes religieuses de subvenir aux besoins de ces pauvres filles et de les placer dans de bonnes maisons à l'abri des tentations! Lorsqu'elles sont licensiées par leurs maîtres, elles peuvent retourner chez les sœurs qui les placent de nouveau ou les renvoient dans leur village sous bonne escorte.

Don Giovanni, ayant entendu dire que plusieurs établissements de ce genre, existant à Rome, réussissaient parfaitement, résolut d'appeler quelques-unes des religieuses et institua une de ces maisons de placement, au grand avantage de sa paroisse et de la ville entière.

Bref! si je voulais raconter une à une les bonns œuvres de don Giovanni, ou énumérer les bienfaits dont il combla ses paroissiens, tant par conseils que par son empressement à leur rendre service, je n'en finirais plus. Je prie donc mes aimables lecteurs de vouloir bien se contenter de ce petit essai, et d'avoir pitié de ma pauvre tête que je mets à la torture depuis sept ans. pour les entretenir agréablement sans oublier l'utile. Elle me demande à grands gris un peu de repos. Que faire, sinon le lui accorder? Mais soyez persuadés, mes chers lecteurs, qu'aussitôt remise de ses fatigues elle reparaîtra devant vous fraîche et rajeunie.

Rajeunie! Chut... elle oublie qu'elle est sexagénaire. Mais n'en dites rien et faites mine de n'en rien savoir, car, malgré tout, la pauvrette accomplira des miracles afin de vous faire plaisir. En attendant, je vous souhaite la bonne année et l'accomplissement de tous vos désirs.

VIE

DE SAINT BORROMÉE

ARCHEVÊQUE DE MILAN

NAISSANCE DE CHARLES BORROMÉE. — SON ÉDUCATION. —
SA NOMINATION A L'ARCHEVÊCHÉ DE MILAN.

Au XVIe siècle vivait, au château d'Arona, dans le Milanais,
une famille illustre, qui se faisait remarquer par son éminente
piété. Le père avait nom Gilbert Borromée, et la mère Marguerite de Médicis. Cette dernière était sœur de Jean-Jacques de
Médicis, marquis de Marignan, et nièce du cardinal de Médicis,
devenu pape sous le nom de Pie IV.

Lorsque François Ier et Charles V se disputaient la possession du Milanais, le comte Borromée, sans accueillir aucun
parti, sut se concilier l'estime des deux princes. Il s'en suivit
que Charles V lui confia plusieurs charges très-importantes,

aussitôt qu'il se vit vainqueur de François Ier et libre possesseur de ce duché.

La charité du comte était inépuisable : le pauvre ne sortait jamais du château d'Arona sans recevoir d'abondantes aumônes. Ses amis s'étant plaint de l'excès de ses libéralités envers les indigents, et lui ayant rappelé qu'il appauvrissait ses fils en agissant de la sorte, il leur répondit : « Dieu y pourvoira. » Une telle conduite le rendit cher à tous ses vassaux, dont il était le père plutôt que le souverain.

Gilbert et Marguerite eurent six enfants : Charles, dont nous entreprenons de retracer la belle vie, était le second. Il naquit le 2 octobre 1538, au château d'Arona. Dès sa plus tendre enfance, il fit preuve d'une angélique piété aussi bien que d'une grande disposition à l'étude. Ses précoces vertus donnèrent bien vite à supposer qu'il avait une aptitude spéciale pour l'état ecclésiastique. Aussi lorsque Charles eut atteint l'âge requis pour la tonsure, son père lui demanda s'il n'avait pas intention d'entrer dans les ordres; il répondit que c'était là son vœu le plus cher, et se hâta de consacrer à Dieu sa jeunesse.

Charles reçut de son oncle, Jules Borromée, une abbaye fort considérable, dont les immenses revenus furent consacrés au soulagement des malheureux : il ne s'en réserva uniquement que l'argent nécessaire pour les besoins de l'Eglise et pour les frais d'étude. Son père ayant été chargé de l'administration de l'abbaye pendant sa minorité, n'oublia jamais de ne prendre sur les rentes que ce qui était indispensable, et versa toujours avec scrupule le reste des bénéfices dans la main des malheureux.

Quelque temps après, le cardinal de Médicis, oncle maternel de Charles, lui offrit une seconde abbaye et un prieuré. Cet accroissement de fortune ne fit qu'occasioner une plus grande quantité d'aumônes.

Lorsque Charles eut terminé ses humanités à Milan, il se rendit à l'Université de Pavie pour y étudier le droit canonique et civil. Il s'y distingua bien vite par son travail et la solidité de son raisonnement. Devenu le modèle de tous ses condisciples par ses succès, il le fut aussi par la régularité de sa conduite. Il rejetait toute distraction qui pouvait troubler ses exercices religieux, et approchait tous les dimanches de la sainte table. Toujours aimable dans les conversations, il savait adroitement en bannir la licence. La retraite et la prière étaient ses armes à l'approche d'une tentation.

En 1558, il eut la douleur de perdre son père. Gilbert Borromée, en mourant, légua à ses fils l'exemple des plus éminentes vertus.

Un an plus tard, en 1559, la tiare fut offerte au cardinal de Médicis. De nombreuses fêtes eurent lieu à Milan en cet honneur. Charles, qui venait d'arriver dans sa ville natale, n'y prit aucune part. Cependant il ne tarda pas à être appelé à Rome par son oncle, et y reçut le chapeau de cardinal. Quelque temps après, il était nommé archevêque de Milan, légat de Bologne, de la Romagne et de la Marche d'Ancône, protonotaire apostolique et protecteur des couronnes de Portugal et des

Pays-Bas, des cantons catholiques de la Suisse, des chevaliers de Malte, des ordres religieux des Carmes et de Saint-François. Bien qu'à peine âgé de vingt-trois ans, il se vit obligé d'accepter toutes ces dignités, mais ne s'en prévalut pas. Rien ne fut changé dans sa manière de vivre.

L'habileté avec laquelle il savait diriger les affaires lui valut de fréquents appels auprès de la cour de Rome. Il se rendit définitivement auprès de son oncle, auquel il lui servit grandement dans l'administration en donnant toujours des avis pleins de sagesse et en jugeant les causes les plus embarrassées. Malgré sa grande jeunesse, il était déjà regardé comme un père de l'Eglise par tout le clergé des Etats pontificaux.

Obligé de suivre les usages de la cour romaine, il consentit à habiter à Rome un magnifique palais. Mais si ses appartements et son train de vie étaient somptueux, son cœur conservait toute la simplicité première. Il ne voyait dans tous les honneurs dont il était revêtu, que des épreuves nouvelles qu'il voulait surmonter à la gloire de Dieu.

Protecteur et ami des lettres, il désirait que le clergé portât une active émulation dans les études. Dans ce but, il organisa une académie composée de clercs et de laïques, et l'installa au Vatican. Comme cette organisation forçait Charles à prendre la parole, il chercha à vaincre une difficulté de prononciation qui lui empêchait de parler en public, et il réussit. Dès lors il put réaliser un de ses plus beaux rêves, celui d'annoncer les merveilles de Dieu à un nombreux auditoire.

Son temps était si bien employé, qu'il trouvait à la fois le moyen de vaquer au service de Dieu, d'assister le Souverain-Pontife dans l'administration, d'expédier toutes les affaires, de diriger son académie, et de se livrer à l'étude des auteurs anciens. Il lisait très-fréquemment Cicéron, et y puisait des modèles d'éloquence. Epictète était aussi un de ses auteurs favoris.

Voyant qu'il était impossible de rester à Rome et de pourvoir aux besoins de son diocèse, Charles y établit un évêque suffragant pour exercer en son nom les fonctions épiscopales. Le savant Ormanetta lui fut adjoint en qualité de vicaire-général. Mais les soins qu'il prenait de donner la direction de son diocèse à des hommes éminents ne le consolaient point d'être obligé de ne pouvoir le diriger lui-même : sa conscience était fort inquiète sur ce point. Il s'en ouvrit au docte dom Barthélémy-des-Martyrs, archevêque de Prague, qui était venu à Rome pour conférer avec le Souverain Pontife. Le prélat lui répondit de bannir tout scrupule à ce sujet, vu qu'en restant à Rome il servait les intérêts de la catholicité tout entière ; qu'au reste, son oncle étant fort âgé, avait absolument besoin de son appui. Il l'engagea seulement à être disposé à retourner dans son archevêché aussitôt que les circonstances le lui permettraient. Cette réponse rassura pleinement le jeune archevêque ; son cœur fut soulagé.

Ayant pris pour directeur spirituel le jésuite Ribeiro, on le vit réformer peu à peu le luxe de sa maison. Plusieurs places de domestiques furent supprimées ; l'usage des vêtements de soie fut interdit, et sa table devint excessivement frugale. Il faisait même un jour de chaque semaine un jeûne stricte au pain et à l'eau. Toujours plein de sollicitude pour son diocèse, il écrivait sans cesse à Ormanetto d'y veiller en son nom. Il lui adressa, dans le but de lui venir en aide, quelques jésuites, qui s'installèrent dans l'église de Saint-Vit, et fondèrent un établissement.

Au mois de novembre 1562, Frédéric Borromée, son frère aîné, succombait plein de jeunesse à la violence d'une fièvre aiguë. Cette perte l'accabla de douleur, mais il l'accueillit comme une épreuve venant de la main de Dieu, et en prit occasion de se détacher des choses humaines. A la suite de cet évènement, comme il n'avait pas encore reçu la prêtrise, plusieurs personnes et le pape lui-même lui conseillaient de reprendre la vie séculière et de se marier afin d'être le soutien de sa famille. Mais il refusa et s'empressa de se faire ordonner prêtre pour faire cesser ces instances.

L'année suivante fut célébrée par la tenue du concile de Trente. Un nombre considérable d'évêques, d'archevêques, de cardinaux, d'abbés et de généraux d'ordres religieux y prirent part. Saint Charles Borromée fut l'âme de cette assemblée ecclésiastique. Il s'occupa des points de discussion, y fit formuler des décrets pour le dogme, et organisa des règlements de discipline ecclésiastique. Lorsque le saint concile eut statué, l'archevêque de Milan voulut faire exécuter ses décisions. Pour exciter le zèle des évêques à fonder des séminaires, il en établit un à Rome sous la direction des pères jésuites. Puis il fit réviser le Missel et le Bréviaire, en même temps que de doctes théologiens s'occupaient à organiser le catéchisme connu sous le nom de catéchisme de Trente, où l'on retrouve à la fois la précision et l'élégance du style.

Sur ces entrefaites, il reçut de pénibles nouvelles de son diocèse. Ermanetto visitait inutilement les églises et les monastères pour promulguer le concile de Trente. Les abus étaient trop invétérés pour qu'il réussît à les bannir. Ne sachant plus que faire, il priait son archevêque de lui retirer une mission dont il se sentait incapable, et de le réintégrer dans l'humble cure qu'il avait occupée. A cette nouvelle, Charles fut vivement affligé : il se rendit auprès du Souverain Pontife, et le supplia de lui permettre d'aller tenir un concile provincial dans son diocèse. Son oncle y consentit, mais, avant de le laisser partir, il le nomma légat *à latere* pour l'Italie tout entière.

Ce fut une grande joie à Milan, quand on apprit que l'archevêque avait l'intention de venir visiter son diocèse. Charles partit de Rome le 1er septembre 1565, s'arrêta à Bologne dont il était légat, et entra dans sa métropole. Le peuple l'accueillit avec des transports d'allégresse, et il fut reçu en grande pompe dans la basilique. Le dimanche suivant, il monta en chaire, et fit entendre à son troupeau bien-aimé des paroles pleines d'onction et d'amour de Dieu. Quelques jours après, il tenait un concile provincial, où il donnait le chapeau de cardinal à l'évêque de Verceil, et où assistait l'évêque de Crémone, qui fut plus tard le pape Grégoire XIV. Dans cette assemblée il dressa des règlements qui obligeaient à mettre en pratique les décisions du saint concile de Trente, et édifia

tout le clergé par son attitude. Le Souverain Pontife ayant eu
connaissance de ce qui s'était passé en cette réunion, en féli-
cita chaleureusement son neveu.

Aussitôt ces travaux achevés, il s'empressa de faire une
visite pastorale dans son diocèse ; mais il fut obligé de l'inter-
rompre pour aller recevoir à Trente les deux sœurs de l'empe-
reur Maximilien II, dont une était l'épouse du duc de Florence. Il les accompagna en deux villes différentes, à Ferrare
et à Fienzola dans la Toscane. Arrivé dans cette dernière ville,
il apprit, par une dépêche, que son oncle était très-mal. Alors
il se hâta d'accourir vers lui. Le premier discours qu'il lui tint
fut pour l'avertir de sa mort prochaine et le préparer à passer
saintement de cette vie à la bienheureuse éternité. Il lui rap-
pela que le Crucifix devait être désormais son unique consolation et son médiateur tout-puissant ; qu'il n'y avait plus à s'occuper des choses de la terre, mais qu'il devait mettre à profit
le peu de temps qui lui restait pour se préparer au terrible
passage où Dieu l'appelait. Pie IV accueillit avec bienveillance
les exhortations de son neveu, et demanda à recevoir de sa
main le saint Viatique et le sacrement d'Extrême-Onction.
Puis il lui abandonna la direction de l'Eglise, pour ne plus
songer qu'à la préparation de son âme. Il mourut entre les
bras de son neveu et de saint Philippe de Néri, en prononçant
ces dernières paroles : *Seigneur, laissez maintenant aller
en paix votre serviteur.* Il était âgé de soixante-trois ans et
neuf mois.

II

SAINT CHARLES BORROMÉE ADMINISTRE SON DIOCÈSE DURANT LE PONTIFICAT DE PIE V

Saint Charles assista au conclave qui devait élire un nouveau souverain pontife, et il fit tous ses efforts pour faire nommer Pie V, bien qu'il le sût attaché à la maison Caraffe, et, par conséquent ennemi de sa famille; entrant au conclave, il avait prié Dieu de le détacher de toute affection terrestre et de guider uniquement son choix. Pie V fut élu le 7 janvier 1566. Aussitôt qu'il eut pris possession du siège pontifical, il pria instamment Charles Borromée de lui continuer l'assistance qu'il avait prêtée au pontificat précédent. Mais l'archevêque de Milan était resté trop longtemps loin de son diocèse, pour

Don Giovann.   11

consentir à ces propositions : il remercia le pape de la bienveillance qu'il lui témoignait, et lui dit en même temps qu'il
n'avait pas droit de sacrifier l'intérêt de son diocèse, et qu'il
devait s'y rendre au plus tôt. Il y revint dans le mois d'avril de
la même année.

Un des premiers actes de l'archevêque en s'installant dans
sa ville épiscopale fut la réforme des abus. Pour applanir les
difficultés qu'un nouvel état de choses devait rencontrer infailliblement, il voulut que sa demeure servît de modèle à tout le
clergé, et que lui-même pût être dans sa conduite l'exemple de
tous les clercs. Dès lors il se mit à pratiquer des austérités qui
semblaient incompatibles avec ses travaux apostoliques. Il
s'interdit l'usage de la viande, du poisson, des œufs et du vin,
et ne fit plus qu'un seul repas par jour. En carême et pendant
la semaine sainte, il retranchait même le pain à sa nourriture,
et ne vivait que de légumes bouillis et de figues sèches. Pendant tout le cours de l'année, il se contentait d'un seul repas
par jour. Toutefois il ne se livra point brusquement à toutes
ces mortifications ; une telle conduite aurait infailliblement
altéré sa santé, et l'eût mis dans l'impossibilité de remplir ses
fonctions épiscopales. Mais il s'y habitua peu à peu, enlevant
d'abord à sa table le superflu, puis consécutivement une partie
du nécessaire. De cette façon, son estomac n'éprouva aucune
gêne ; il fut même débarrassé d'une pituite qui le fatiguait depuis fort longtemps.

Son corps était couvert d'un rude cilice qu'il ne quittait ni
jour ni nuit. Au reste le sommeil de ses nuits était fort court ;

souvent même il ne se couchait pas du tout, et se contentait de se reposer dans un fauteuil. Il fallut l'intervention des évêques de sa province pour le décider à se coucher sur une paillasse ; jamais on ne le vit murmurer contre la froidure et les injures de l'air ; tel temps qu'il fît, il ne supportait pas le plus léger soulagement.

Plusieurs prélats s'émurent en voyant Charles Borromée adopter de semblables privations. L'archevêque de Valence et Louis de Grenade lui rappelèrent qu'un tel genre de vie était incompatible avec les devoirs de l'épiscopat. Il répondit que l'expérience démentait leur assertion, et que d'ailleurs un évêque ne pouvait éprouver de plus grand bonheur que celui de mourir comme son grand maître Jésus-Christ, pour les intérêts de l'Eglise, Cependant, sur les instances du pape Grégoire XIII, qui lui avait recommandé de diminuer ses austérités, il se permit quelques adoucissements pendant une certaine époque de l'année. Toutefois, aussitôt que le souverain pontife lui eut accordé la libre direction de sa manière de vivre, il reprit ses anciennes habitudes et les conserva jusqu'à sa mort.

Un homme enivré d'un tel amour de Dieu devait naturellement être plein de bonté et de douceur, et inaccessible à la flatterie et à la vanité. Arrivé au faîte des grandeurs sous le pontificat de son oncle, on ne vit jamais chez lui le moindre mouvement d'orgueil. Aussitôt qu'il fut installé dans son évêché, il voulut en bannir les tableaux, les tapisseries, les statues, et jusqu'aux armes de sa famille ; les armes de l'archevêché furent seules conservées. Sous son costume de cardinal, il cachait des

vêtements qu'il nommait *les siens*, vêtements si vieux et si usés
q'un ma disrt à qui il les offrit un jour les refusa. Deux
prêtres étaient sans cesse auprès de lui pour l'avertir des moindres actions répréhensibles qu'il pouvait commettre, et il les
remerciait avec bienveillance chaque fois qu'ils lui donnaient
un avis.

Sa douceur était admirable ; jamais on ne remarqua chez lui
l s moindres accès de colère. D'ignobles calomnies ayant été
tenus contre lui auprès du roi d'Espagne, il ne s'en plaignit pas,
ne voulut pas qu'on en recherchât les auteurs. Il admit même
dans son palais, à titre de pensionnaire, un ecclésiastique qui
n'avait cessé de critiquer sa conduite.

Malgré son affection pour sa famille, par esprit de mortification, il lui fit de très-rares visites, et ne voulut déverser ses
faveurs sur aucun de ses membres. Lorsqu'un de ses parents
lui faisait une requête, il l'examinait avec beaucoup de soin de
peur que les liens d'amitié n'influassent sur les règles du devoir. Le seul avantage qu'il ait accordé à un de ses proches,
fut d'avoir installé à l'université de Paris son cousin Frédéric
Borromée.

Il se faisait une douce vertu de pratiquer l'hospitalité, et
recevait tous les jours à sa table un grand nombre de personnes:
mais quelques fussent les titres de ses hôtes, il ne changeait
rien à la frugalité qui devait y régner. Les pauvres étaient toujours très-bien accueillis : tous ceux qui se présentaient au
palais recevaient assistance. Saint Charles avait enjoint à un de
ses aumôniers de lui donner les noms de tous les indigents de

ls ville, et avait dressé pour tous des listes de secours. A son entrée à Milan, il fit vendre à leur bénéfice toute sa vaisselle d'argent et quantité d'étoffes précieuses que son frère lui avait léguées. Il employa également en aumônes une somme de vingt mille écus cédés par sa belle-sœur.

Son désintéressement était sans bornes. En quittant la ville de Rome, il ne voulut conserver que les revenus de son archevêché, une pension du roi d'Espagne, et quelque argent provenant des biens de sa famille. Il céda à ses oncles les comtes de Borromée, ses terres dans le Milanais, et à Frédéric Ferrier son marquisat de Romagnora. Sa principauté d'Oria fut également vendue, et l'argent provenant de cette vente distribué aux pauvres. Quant au château d'Arona, qui était une des plus anciennes possessions de la famille, les officiers espagnols le lui enlevèrent, et il ne fit aucune démarche pour le recouvrer.

Il organisait son temps de manière à ne pas en perdre une minute inutilement. Durant son repos une pieuse personne lui faisait une pieuse lecture, ou bien il dictait à ses secrétaires des lettres et des instructions. Il parlait peu et ne le faisait jamais oisivement. Après dîner, il recevait en audience ses curés et ses vicaires. Si quelqu'un alors lui faisait quelque demande, il en prenait note, mais ne promettait rien qui pût froisser la droiture ou l'équité. Toutefois ses refus étaient tellement adoucis par sa bonté, que ceux qui n'avaient pas obtenu droit à leur requète s'en retournaient tout heureux d'avoir vu le prélat. Lorsqu'il avait des entretiens avec les curés doyens, il leur enjoignait de faire de fréquentes conférences à leurs subalternes et de surveiller scrupuleusement leur conduite. Pendant ses voyages il récitait de longues prières ou se livrait à l'étude.

Toutes mes délices, disait saint Charles, sont d'être aux «pieds des autels. » Il y restait tout le temps qui lui était disponible. Durant une de ces méditations, saint Philippe de Néri assure avoir vu le visage du saint prélat entouré d'une auréole. A Rome, il passa toute une nuit dans la chapelle de sainte Agnès, et la journée du lendemain dans celle de saint Sébastien. Il assistait à toutes les cérémonies de sa cathédrale, et employait deux heures chaque jour à reciter l'office, qu'il lisait à genoux et tête nue. Un morceau de la vraie croix, enchâssé dans une croix d'or, était continuellement suspendu à son cou; il portait également une image de saint Ambroise, pour lequel il éprouvait un vénération particulière et qu'il prenait pour modèle.

Malgré son éminente piété, Charles Borromée se croyait toujours le dernier des hommes. Chaque matin, avant de dire sa messe, il se rendait auprès de son aumônier, et s'accusait des fautes les plus légères en versant d'abondantes larmes. Tous les ans il faisait deux confessions générales, auxquelles il se préparait par de sérieuses retraites. La méditation et la prière le consolaient sans cesse des ennuis et des fatigues de la vie, et, par respect pour la passion de Notre-Seigneur, il gardait le silence depuis le soir jusqu'après l'action de grâces qui suivait la célébration des saints mystères.

Un gentilhomme lui demanda un jour quelle règle il fallait

observer pour progresser dans la vertu. «C'est, lui répondit le saint, de se mettre à l'œuvre chaque jour avec une nouvelle ardeur, de se tenir en la présence de Dieu dans toutes ses actions, et de ne se proposer jamais que sa gloire. La présence de Dieu était, en effet, le moyen qu'il recommandait pour parvenir à la perfection.

Que de réformes amenèrent dans le diocèse de Milan la parole et l'exemple de saint Carles Borromée! Lorsqu'il s'y installa, il trouva toutes choses dans le plus piteux état. Les grandes vérités de notre sainte religion y étaient mêlées à une foule de superstitions ridicules, les sacrements étaient complétement négligés, et les ministres des autels avaient oublié pour la plupart la sainteté de leur caractère. Pour réprimer tous ces abus, il réunit consécutivement six conciles provinciaux et onze synodes, et lança un grand nombre de lettres pastorales. Malgré tous ses efforts, il rencontra de terribles obstacles, surtout de la part de certains prévilégiés, qui ne voulaient pas renoncer à leurs avantages. Une noble fermeté sut triompher des plus rebelles, et tous rentrèrent dans leur devoir.

L'archevêque de Milan montait en chaire tous les dimanches et les jours de fête. S'il ne prêchait pas avec l'élégance des Chrysostôme et des Basile, sa parole était du moins pleine de force, et ses pensées respiraient la plus profonde piété. On ne pouvait l'écouter sans être ému, et sans ressentir la vérité de tout ce qu'il annonçait. Bien que ses sermons fussent parfois très-longs, ils paraissaient très-courts à la plupart des auditeurs, tant leurs cœurs étaient heureux des belles choses qu'il annonçait. On comprenait, en l'écoutant, qu'il connaissait parfaitement tout l'Evangile, et qu'il savait en adapter les passages à tous les besoins de la vie.

Il s'occupa aussi très-sérieusement de l'instruction religieuse des enfants. Non-seulement il enjoignit à tous les curés et vicaires de faire régulièrement leurs cours de catéchisme, mais il institua encore plusieurs écoles libres où ces cours étaient professés d'une façon toute spéciale.

Saint Charles commença ses visites pastorales en inspectant avec le plus grand soin la ville de Milan. Le chapitre de cette ville avait perdu son esprit primitif, plusieurs chanoines ne se montraient plus à la célébration des offices, et avaient introduit de grands abus dans le cérémonial. Le saint archevêque se hâta d'y remédier. Il éprouva une plus vive résistance dans plusieurs monastères de la ville qui refusaient de reconnaître son obédience ; mais, grâce à une sage fermeté, il sut vaincre les rebelles, et bientôt les moines eux-mêmes s'empressèrent de réclamer sa juridiction.

Dans le cours de ses visites il ne se servait point de voitures ; il allait à pied la plupart du temps, ou bien voyageait à cheval. Les presbytères, quelque pauvres qu'ils fussent, lui servaient d'hôtellerie : un potage, un plat et quelques fruits étaient toute la nourriture qu'il exigeait, et il n'en voulait pas d'autre ; souvent il laissait à ses gens les lits disponibles et s'en passait fort volontiers.

A cette époque, il entreprit un périlleux voyage dans trois vallées, dépendant des cantons d'Uri, de Schwitz et d'Under-

walden, lieux sauvages et déserts situés aux dernières limites
du diocèse, et que leur éloignement n'avait protégés de l'erreur
de Zwingle. Il s'y rendit accompagné d'un député de ces états,
et dut pour y parvenir traverser des torrents, gravir des montagnes, et longer des précipices sans fonds. Toutefois ces circonstances loin de lui déplaire le rendaient heureux, car il
souffrait avec bonheur pour la cause de son divin maître. Arrivé
dans ces vallées, il trouva des fidèles complétement oublieux de
leur religion, et des prêtres qui n'avaient plus conscience du
caractère sacerdotal. Sa bonté sut réconcilier à l'Eglise une
foule de zwingliens ; quant aux prêtres scandaleux, il les chassa
et les remplaça par des hommes vertueux, dont les talents surent
rendre au culte divin son ancienne splendeur dans ces contrées.

Voulant ramener à leur règle primitive les Franciscains qui
habitaient son diocèse, il fit réunir un chapitre conventuel et
parla des réformes urgentes que nécessitait le temps présent.
A cette annonce, plusieurs frères qui étaient heureux de pouvoir impunément se livrer à toute espèce de licence, devinrent
furieux, et menacèrent d'employer les derniers moyens pour
arrêter les projets du prélat. L'archevêque n'en fut point ému.
Obligé de céder une première fois à l'entraînement général, il
revint à la charge, et fit si bien, en employant alternativement
la douceur et l'énergie, qu'il força ces monastères à reprendre
leurs mœurs primitives.

Un des ordres qui lui donnèrent le plus de peine à ramener
au devoir, fut celui des *Humiliés*. Cet ordre avait été fondé
au XIe siècle par des chevaliers qui, tout en étant mariés,

avaient fait vœu de chasteté. En 1568 il comptait quatre-vingt-. dix monastères et à peine cent-dix religieux. Chaque prévot (tel était le nom des supérieurs) jouissait des grands revenus que lui accordait son monastère, et ne s'en occupait nulle-ment. Aussi les supérieurs et les frères convers crièrent-ils bien fort lorsqu'il s'agit de faire observer les règlements. Ne pouvant empêcher la réforme, ils tentèrent de se débarrasser du réformateur. Trois prévots conçurent le projet infernal de le mettre à mort, et bientôt ce complot tramé dans l'ombre trouva une foule d'adhérents. Un prêtre dégradé consentit, moyennant une somme d'argent, à être le bras assassin. Il se rend, le 26 octobre 1566, dans la chapelle épiscopale au mo-ment où le saint évêque faisait la prière du soir avec tous les gens de sa maison. Charles était à genoux tandis que le chœur entonnait ces paroles : *Que mon cœur ne soit point troublé et ner craigne rien*. Tout à coup une détonation se fait entendre, et vient vibrer près de l'auguste prélat. Le plus grand silence succède d'abord à cet acte inouï, car chacun est cloué à sa place par l'étonnement ; puis tout le monde entoure l'archevêque, qu'on croit dangereusement blessé. Lui-même, en apercevant quelques teintes rougeâtres sur son camail, n'hésite pas à suppo-ser un danger imminent pour ses jours. Toutefois il ne veut pas que l'office soit interrompu, et ce n'est qu'après la cérémonie qu'il daigne examiner autour de lui. Il aperçoit alors, à quel-ques pas de lui, une balle aplatie, et plusieurs grains de plomb sur ses vêtements ; mais il n'a aucun mal, car la main de Dieu a détourné le bras de l'assassin.

Lorsque le meurtrier eut mis à exécution son fatal projet, il profita de la terreur générale pour s'enfuir sans être inquiété. Le duc d'Albuquerque, gouverneur de Milan, ayant eu connaissance de l'événement, s'était empressé de venir demander au cardinal Borromée la permission de faire immédiatement des recherches dans son propre palais, afin de découvrir le coupable, mais le saint s'y opposa de toutes ses forces.

Cependant les juges parvinrent à découvrir les noms de quatre des principaux coupables : ils furent pris, et périrent par la corde ou l'épée après avoir fait un complet aveu de leur crime. Le saint archevêque, loin d'avoir aidé à les découvrir, avait fait tous ses efforts pour les sauver. N'ayant pu réussir, il s'occupa de l'intérêt de leurs familles, et parvint à faire sortir de prison un ciquième accusé, qui sans intervention eût infailliblement péri. Le pape V ayant appris le danger qu'avait couru le cardinal Borromée, s'empressa de le venger en supprimant l'ordre des *Humiliés*, et en distribuant leurs richesses à d'autres bonnes œuvres.

Quelques temps auparavant, l'archevêque de Milan avait tenu un synode diocésain pour pourvoir au besoin de son diocèse ; pendant sa durée il faisait journellement deux discours. Plusieurs évêques ayant jugé convenable de ne pas y assister, il leur fit de très-sévères reproches, leur rappelant que rien n'était capable de les dispenser des devoirs de leur charge. Il força un évêque qui prétextait de peu d'importance de son diocèse pour ne pas y habiter, à y fixer désormais sa résidence habituelle, et il blâma fortement un autre prélat qui avait affirmé n'avoir aucune occupation.

Ce fut encore vers cette époque qu'il dut régler les droits de l'Eglise de la Scala. Les chanoines de Sainte-Marie de la Scala jouissaient depuis longtemps du privilége d'administrer eux-mêmes leur église, et s'étaient placés sous le protectorat de la cour d'Espagne. Protégés par ces avantages, ils menaient librement la vie que bon leur semblait, et plusieurs étaient loin de l'avoir édifiante. D'après les avis du souverain pontife, l'archevêque de Milan voulut visiter ce monastère ; mais quand il se présenta, les portes furent si violemment fermées, que celui qui portait la croix archiépiscopale en fut renversé. Non contents de cet acte de violence, les chanoines en appelèrent à la cour d'Espagne, prétendant qu'on avait violé un asile dépendant de ce souverain. Ils firent un mémoire dans lequel l'auguste prélat était représenté comme un traître, un ambitieux et un usurpateur. De son côté, le gouverneur, froissé d'avoir vu l'archvêque mécontenter des gens qui s'étaient placés sous la protection de l'Espagne, écrivit au souverain Pontife une lettre pleine d'injures contre lui, et le pria de l'exiler au plus tôt. Pie V répondit que le saint cardinal ne demandait pas mieux que de souffrir persécution pour la justice, et que tout son tort était d'avoir voulu extirper le vice du sanctuaire. Sur ces entrefaites, le roi d'Espagne enjoignit à son gouverneur d'avoir à changer de conduite, et de protéger de tout son pouvoir la pieuse décision de l'archevêque. Après de semblables ordres, le gouverneur se hâta d'aller demander grâce au prélat, et se mit complétement à sa disposition. Le prévôt des chanoines, effrayé, s'empressa aussi de faire amende honorable, et son exemple fut suivi peu à peu par tous ses collègues. Le pape désirait que les principaux coupables reçussént un châtement exemplaire ; mais Charles intervint en leur faveur, et les fit absoudre sans condition. Pendant que ses ennemis le calomniaient indignement, il se contentait de répondre aux outrages par le silence, et demandait pour eux une grâce souveraine auprès du souverain pontife.

En 1566 la récolte fut excessivement mauvaise, et par suite beaucoup de familles manquèrent de pain. Saint Charles se multiplia alors pour visiter les malheureux et porter des secours. Son ardente charité sauva des angoisses de la faim et du désespoir une foule d'infortunés.

III

PONTIFICAT DE GRÉGOIRE XIII

Pie V étant mort en 1572, le conclave dut se réunir pour élire un nouveau pape. Saint Charles, en qualité de cardinal, se hâta de se rendre à Rome, et usa de toute son influence pour faire nommer Grégoire XIII. Ce nouveau pontife ressentit pour l'archevêque de Milan la même estime qu'avaient eue ses prédécesseurs. Ne pouvant le garder auprès de lui, il voulut au moins le retenir le plus longtemps possible, et, à son départ, il lui donna le droit de visite dans tous les diocèses de ses suffragants.

Saint Charles tonnait avec force, à Milan, contre les licences carnavalesques, les joûtes, les tournois et autres divertissements profanes; mais sa voix n'était pas écoutée. En 1576, il annonça que Dieu était grandement irrité, et qu'un grand fléau allait causer toutes sortes de ravages dans la ville de Milan. Sa prédiction ne tarda pas à recevoir un terrible accomplissement. Comme il se trouvait à Lodi auprès d'un évêque auquel il rendait les derniers devoirs, il apprit que la peste avait apparu dans sa ville épiscopale. A cette nouvelle, il accourt à Milan et s'empresse de pourvoir à tous les besoins des pestiférés, que l'autorité municipale avait fait placer dans un même lieu. Ayant ensuite demandé à son conseil s'il était préférable qu'il restât à Milan ou qu'il se retirât dans une autre localité, le chapitre lui conseilla le départ; mais il ne voulut pas s'y conformer, et assura que la place de l'Evêque devait toujours être là où il y avait danger pour son troupeau. On le vit alors pieds-nus et la corde au cou s'agenouiller devant les autels, suppliant Notre-Seigneur de vouloir bien agréer le sacrifice de sa vie, et épargner son peuple.

Saint Charles fit vendre toute la vaisselle et les meubles de *son palais* pour subvenir aux premiers besoins des nécessiteux. Il se rendait lui-même auprès des malades et leur portait les derniers sacrements. Remarquant que les secours humains étaient impuissants à arrêter l'épidémie, il fit ordonner des processions par toute la ville et les faubourgs. Cette mesure déplut aux magistrats; ils prétendaient que des réunions étaient capables de redoubler les ravages de la maladie. L'archevêque répondit que non-seulement elles ne causeraient pas de mal, mais que c'était l'unique moyen d'arrêter le fléau. La vérité de ses paroles ne tarda pas à se vérifier : aucun de ceux qui avaient assisté aux processions ne furent atteints de la peste. Tandis que la piété recevait sa récompense, le vice subissait son châtiment. Quelques jeunes débauchés, ayant voulu noyer leurs ennuis au milieu des plaisirs, s'étaient retirés à une campagne peu éloignée de la ville, et s'y livraient à toutes sortes de débauches et d'orgies. Au bout de quelques jours le fléau pénétra dans leurs demeures, et pas un seul ne fut épargné.

L'épidémie dura quatre mois entiers. Quand elle eut disparu, le saint archevêque rendit à Dieu de solennelles actions de grâces, et ordonna des prières publiques pour les malheureuses victimes de la colère divine.

Saint Charles fit à cette époque une visite générale dans tout son diocèse et dans la province ecclésiastique ; il poussa même ses excursions jusqu'au pays des Grisons où il ramena à la foi plusieurs zwingliens.

Sous l'administration du duc de Terra-Nuova, de bonnes relations s'établirent entre le gouverneur et l'archevêque : le gouverneur cherchait toutes les occasions de pouvoir donner au cardinal des marques d'estime et de respect. Le roi d'Espagne fit féliciter le prélat de sa bonne conduite pendant l'épidémie, et de son habileté dans la direction des affaires. Grégoire XIII le combla aussi d'éloges pour les actes de dévouement dont il avait fait preuve en ces circonstances.

En 1578, l'archevêque de Milan organisa en société religieuse plusieurs prêtres séculiers qui demandaient à mener

Don Giovanni. 12

une vie plus parfaite ; ils prirent le nom d'*Oblats de saint Ambroise*, et reçurent un règlement de vie. Ces prêtres faisaient vœu d'obéissance parfaite et consentaient à se mettre à la disposition de leurs supérieurs pour remplir toutes sortes d'emplois. Un grand nombre d'entre eux furent envoyés comme missionnaires pour évangéliser les protestants ; les autres furent destinés à diriger des paroisses qui avaient besoin d'être régénérées. Ce fut même à cet ordre qu'incomba plus tard la direction du grand séminaire.

Une association de dames pieuses s'organisa aussi par les soins de l'auguste prélat. Elles adoptèrent une règle, s'éloignèrent des plaisirs frivoles, et redoublèrent d'ardeur pour le service de Dieu. On les voyait assidûment dans les églises, suivre tous les offices, visiter les pauvres, et donner au monde l'exemple de toutes les vertus.

Saint Charles fit construire deux hôpitaux : un pour les nécessiteux et un pour les malades. Il rendait à l'un et à l'autre de ces établissements de fréquentes visites, où sa charité se montrait inépuisable. Un monastère d'Ursulines fut aussi institué dans le but de donner l'instruction aux filles pauvres, en même temps qu'il était fondé un couvent de Capucines pour servir de refuge aux jeunes personnes qui voulaient consacrer à Dieu leur virginité. La fille de son oncle Charles Borromée mourut en odeur de sainteté dans une de ces maisons.

L'archevêque de Milan ne cessait de recommander l'obéissance et l'humilité à toutes les personnes qui venaient lui demander son avis, et ne voulait pas ajouter créance aux visions et aux extases qu'il n'eût eu préalablement des preuves évidentes de l'inspiration divine. Une certaine dame de Milan qui avait fait vœu de chasteté prétendant jouir de visions célestes, on pria le prélat de vouloir bien lui rendre visite : mais il s'y refusa, en certifiant que les faits n'étaient pas croyables. Le temps se chargea de prouver qu'il ne s'était pas trompé. Lorsqu'il s'agissait de vérifier des reliques, il ne voulait pas accepter celles dont l'authenticité n'était pas complétement avérée. Quant aux miracles, il ne les admettait jamais sur un simple rapport et exigeait toujours pour y ajouter foi des preuves indubitables.

IV

MORT DE SAINT CHARLES BORROMÉE

En 1583, le duc de Savoie tomba grièvement malade à Verceil, et la science médicale désespérait de le guérir. Dès que
cette nouvelle eut été annoncée au cardinal de Milan, il s'empressa d'accourir vers lui pour lui porter les secours de la religion. A peine eut-il mis le pied dans l'appartement où se
trouvait le duc de Savoie, que ce dernier s'écria : « *Je suis
guéri.* » Il le fut en effet, et en reconnaissance de ce miracle,
il déposa plus tard sur le tombeau du saint archevêque une
lampe d'argent.

L'année suivante, saint Charles Borromée voulut se rendre,

en compagnie du père Adorno, sur les frontières de la Suisse, afin de s'y livrer, à la méditation et de suivre sa retraite annuelle. Avant son départ, il avait prédit à plusieurs personnes que le moment n'était pas éloigné où il lui faudrait quitter cette terre pour passer à l'éternité. Sentant sa mort prochaiue, il redoubla de ferveur dans ses exercices religieux. Il semblait déjà ne plus appartenir à la terre tant il était absorbé en Dieu. Lorsqu'il célébrait le saint sacrifice de la messe, d'abondantes larmes mouillaient ses paupières, et il était parfois tellement ému qu'il était obligé de suspendre ses oraisons. Tout son temps se passait alors aux pieds des autels dans la chapelle du *Sépulcre*. Un évêque, qui le vit plusieurs fois en cette position, prétendit avoir aperçu une auréole de gloire autour de son front, symbole de la couronne qui l'attendait au séjour des élus.

La maladie qui devait causer sa mort s'annonça le 24 octobre par une fièvre tierce, qui fut beaucoup plus violente le surlendemain. Son confesseur lui enjoignit alors de couvrir de paille les planches sur lesquelles il avait coutume de prendre quelques heures de sommeil. Il y consentit par obéissance, mais il ne voulut pas suspendre sa retraite. Un jour il pria à genoux pendant cinq heures consécutives, sans s'apercevoir de la fatigue qu'occasionait cette position. Puis, après avoir fait sa confession générale, il se rendit à Arone où il logea au presbytère. De là il visita successivement Ascone et Conobio en longeant le cours de l'eau. Revenu à Arone, il accepta le secours des médecins, et suivit leurs prescriptions. Toutefois il se prépara à la fête de la Toussaint par un jeûne rigoureux ; et malgré son état maladif, se leva selon sa coutume à deux heures du matin pour se mettre en prières : il y resta jusqu'à ce que la fatigue l'eût contraint à prendre un peu de repos. Par suite de cette imprudence, la fièvre devint continue, et il se vit obligé de se faire transporter à Milan en litière. Le lendemain du jour des morts, la maladie sembla ralentir ses progrès, et le saint éprouva quelque soulagement ; mais il ne s'en prévalut pas, sachant fort bien que l'heure était proche où Dieu allait l'appeler à lui. En effet des symptômes plus effrayants ne tardèrent pas à apparaître, et on perdit tout espoir de le sauver. Bien qu'il connût parfaitement sa position, il ne se montra nullement ému. Sur sa demande on lui administra les derniers sacrements, et il expira plein d'espoir en la miséricorde divine en prononçant ces paroles : *Ecce venio.*

Avant sa mort, il avait désigné le lieu de sa sépulture et avait fait graver cette simple épitaphe : « Charles, cardinal du titre » de Sainte-Praxède, archevêque de Milan, implorant le se- » cours des prières du clergé, du peuple et du sexe dévot, a » choisi ce tombeau de son vivant. » On se contenta d'y ajouter la légende suivante : « Il vécut quarante-six ans, un mois et un » jour, gouverna cette église vingt-quatre ans, huit mois, vingt- » quatre jours, et mourut le 4 novembre 1584. » Pour obéir à ses dernières volontés, ses funérailles furent célébrées le plus simplement possible.

Par testament saint Charles institua pour son légataire universel l'hôpital-général, fit présent de son argenterie à la cathédrale, accorda sa bibliothèque au chapitre, et légua ses manuscrits à l'évêque de Verceil.

Peu de temps après la mort du pieux archevêque, un religieux expirait à Gênes, sa patrie, en odeur de sainteté. C'était le père Adorno, son confesseur. On prétend qu'avant de mourir il avait vu l'archevêque de Milan dans un songe, et que le saint lui avait tendu la main en lui disant : « Je suis heureux, vous me suivrez bientôt. »

Les reliques du saint prélat ne tardèrent pas à être l'objet d'une haute vénération. Sous le pontificat de Clément VIII, le cardinal Baronius ordonna de célébrer chaque année une messe en son honneur dans la chapelle de l'hôpital de Milan. Le pape Paul V le mit au nombre des saints quelques années plus tard. Ses restes furent déposés dans un reliquaire de métal précieux et placés sous un autel d'argent. Des lampes d'or et d'argent brûlent sans cesse dans la chapelle qui lui est consacrée.

VIE DE

S. FRANÇOIS DE SALES

ÉVÊQUE ET PRINCE DE GENÈVE

12..

I

NAISSANCE DE FRANÇOIS DE SALES. — SON ÉDUCATION

Saint François de Sales naquit le 21 août 1567, au château de Sales, dans le diocèse de Genève. Son père, qui descendait d'une des plus anciennes maisons de la Savoie, avait passé une grande partie de sa jeunesse au service du prince ; de retour au château de ses ancêtres, il avait épousé Françoise de Sionas, personne non moins recommandable par ses vertus que par l'illustration de ses ancêtres.

La naissance d'un fils combla de joie les deux époux. La comtesse de Sales remercia Dieu d'avoir exaucé son vœu le plus cher en lui accordant les douceurs de la maternité, mais en même temps elle le supplia de lui ravir ce bonheur, si ce fils bien aimé devait un jour déserter son culte, et se laisser cor-

rompre au contact du siècle. Ces beaux sentiments reçurent
une haute récompense : François de Sionas eut la gloire de
donner le jour au plus vertueux prélat qui ait illustré le trône
de Genève, à un grand saint.

François vint au monde avec une complexion très-délicate,
et durant ses premières années, ses jours furent fréquemment
menacés par les maladies ; mais Dieu, qui devait en faire l'ins-
trument de sa Providence, ne permit pas à la mort de moissonner
cette jeune fleur, et écarta peu à peu les dangers qui avaient
environné son berceau. Sa santé se rétablit, ses membres se
fortifièrent, et il acquit chaque jour de nouveaux charmes et de
nouvelles grâces. Mais ce qui est bien plus précieux, à mesure
que François croissait en âge, il croissait en vertu. Sa piété, sa
bienveillance, son obéissance et sa mdestie lui ouvraient tous
les cœurs. Sa mère se plaisait à cultiver ces qualités naissantes :
elle l'instruisait dans tout ce qui concerne le service de Dieu,
lui faisait lecture des livres saints, et parlait sans cesse de la
bonté divine. Elle lui apprenait à avoir une horreur excessive
du mensonge, et à préférer subir le châtiment dû à une faute
que s'y soustraire en voilant la vérité.

Le jeune enfant accompagnait la comtesse dans tous ses
exercices de piété. Si elle se rendait à l'église, on le voyait à ses
côtés ; si elle allait répandre des aumônes dans la maison des
malheureux, il y était aussi. A l'office il se faisait remarquer
par un recueillement digne d'un âge beaucoup plus avancé ;
auprès des malheureureux il montrait une inépuisable charité,
s'empressant de mettre sa bourse à leur disposition et parta-

geant même avec eux sa propre nourriture. Aussi avait-il l'affection de tous les vassaux et était-il cher à tous ceux qui le connaissaient.

Lorsqu'il eut atteint l'âge de six ans, son père, qui tenait à lui donner une brillante éducation, voulut l'envoyer au collége. La comtesse eût beaucoup préféré lui voir poursuivre au château le cours de ses études, sous la direction de maîtres habiles ; car elle craignait pour son fils le danger des écoles publiques. Mais il fallut céder au désir paternel, et François dut se rendre d'abord au collége de la Roche, où il resta fort peu de temps, puis à celui d'Annecy.

A peine installé, il se distingua parmi tous ses compagnons par ses vertus et ses succès. Doué d'une riche mémoire et d'une grande intelligence, il prit et conserva sans peine le premier rang. Bientôt même il ne trouva plus d'occupations suffisantes dans les devoirs classiques, et il se créa des études particulières pour remplir ses loisirs. Son caractère gai et réfléchi semblait lui accorder une aptitude spéciale pour toutes sortes de travaux, en même temps qu'il le préservait des dissipations du jeune âge. Mais il se plut à donner un nouvel essor aux belles vertus que sa mère avait cultivées au manoir paternel : la lecture des bons livres et des prières ferventes entretenaient sans cesse dans son âme la piété et l'amour de Dieu.

François obtenait à Annecy des succès trop faciles ; aussi son père songea à lui donner pour professeur des maîtres plus renommés, et il voulut le placer au collége des Jésuites à Paris, afin qu'il poursuivît aussi loin que possible l'étude des sciences et des belles lettres. Quelle douleur dut ressentir la pieuse comtesse à l'annonce de cette décision! Son cœur maternel ne fut-il pas déchirée à la pensée d'une séparation qui la priverait de son fils pour bien des mois? Certes on n'en saurait douter. Mais ce qui l'effrayait le plus, c'était de voir ce fils chéri exposé au contact du monde, dans la capitale de la France, loin de l'égide d'une mère. Aussi combien de conseils elle lui prodigua avant son départ! joignant les larmes aux caresses, elle ne cessait de lui répéter ces paroles de Blanche de Castille : « Mon fils, j'aimerais mieux vous voir mort que coupable d'un seul péché mortel. »

Ce fut l'an 1578 que François se rendit à Paris. Il était accompagné d'un prêtre vertueux nommé Déage, qui devait lui servir de précepteur. Entré à l'école des Jésuites, il continua, comme par le passé, à se signaler par sa facilité au travail et par sa précoce intelligence. Durant les années de rhétorique et de philosophie il obtint les plus brillants succès.

Non-seulement il réussit dans la carrière des études, mais il cultiva avec honneur tous les arts d'agrément. Voulant complaire à sa famille qui désirait le voir gentilhomme accompli, il s'exerça à la fois à l'équitation, à l'escrime et à la danse.

Pour se délasser des exercices que d'autres regardent comme agrément et qui pour lui n'avaient aucun charme, il étudiait avec ardeur l'hébreu, le grec et la théologie positive sous la direction de Génébrard et du père Maldonat, professeurs célèbres de l'époque. Il faisait surtout ses délices de la lecture de l'Ecriture sainte, et consacrait ses loisirs à en méditer les principaux passages.

Pendant ses récréations il recherchait la compagnie des personnes les plus vertueuses et s'entretenait avec elles des moyens de rendre sa vie entièrement conforme à la volonté de Dieu. Un des hommes avec lesquels il se plaisait le plus, était Père Ange de Joyeuse, qui, après avoir passé sa jeunesse au milieu des camps et des cours, était venu chercher son repos à l'ombre du cloître et sous la robe de bure du capucin. Ce religieux, qui mortifiait son corps pour le punir des choses passées, engagea François à employer ce remède contre les passions, et le jeune de Sales, pour suivre cet avis, résolut de porter, chaque semaine, le cilice pendant trois jours.

On croit qu'à cette époque il prit l'engagement solennel de se consacrer entièrement à Dieu. Comme il allait fréquemment prier dans l'église de Saint-Etienne-des-Grès, un jour qu'il était en oraison, il entendit une voix intérieure qui lui disait d'abandonner le monde et de mettre tout son bonheur en Dieu. Alors, dans la chaleur de son enthousiasme, il prononça le vœu de chasteté perpétuelle, et supplia la Reine des vierges de lui donner assez de force pour tenir son serment. Il la conjura de le détacher des vaines affections du monde et de le garder à l'abri des séductions. Mais Dieu, qui voulait éprouver sa vertu pour rehausser sa gloire, permit que les tentations vinssent l'assaillir de toutes parts. Une sombre mélancolie remplaça dans son esprit cette douce quiétude dont il avait joui jusqu'alors, et il s'imagina que le ciel lui était fermé à jamais. Au lieu du céleste héritage qu'il avait rêvé, il aperçut l'enfer entrouvert sous ses pas, et il se crut damné. Rien ne pouvait chasser les pénibles pensées qui l'assiégeaient alors, et il refusait d'en faire part à qui que ce fût. Son précepteur était désolé d'un changement si subit dont il ne pouvait deviner le funeste secret. En même temps la santé du jeune comte s'altérait sensiblement, le sommeil fuyait ses paupières, et son corps, qui ne prenait plus d'aliment, s'affaiblissait de plus en plus. On regardait donc sa vie comme sérieusement en péril, lorsque Dieu mit un terme à l'épreuve. Ne pouvant vaincre la terrible maladie qui le minait par les secours naturels, François rassembla toutes ses forces pour se rendre à l'église de Saint-Etienne-des-Grès. Là, il se jeta aux pieds de l'image de la Vierge qui avait reçu son serment, et la pria avec larmes d'obtenir de son divin Fils la guérison de son âme. « Qu'il me soit du moins » permis, disait-il, de consacrer tout mon amour sur la terre à » ce Dieu puissant que je suis condamné à ne voir jamais. » A peine eut-il achevé sa prière, qu'il sentit son cœur soulagé. Le calme revint dans son esprit, et par suite son corps recouvra peu à peu la santé.

H

FRANÇOIS DE SALES EST REÇU DOCTEUR EN DROIT.
LE CHANOINE LOUIS DE SALES LE FAIT NOMMER PRÉVOT DE
L'ÉGLISE DE GENÈVE

En 1585, les études de François à Paris étaient terminées.
Il reçut, à cette date, une lettre de son père, qui lui enjoignait
de se rendre à l'université de Padoue, pour y étudier le droit
et la théologie. Toujours fidèle à suivre la volonté de son père,
il s'empressa de se rendre dans cette ville. Guy Pancyrole lui
enseigna le droit, et le père Possevin, la théologie. Ce dernier
fut à la fois son professeur et son directeur spirituel, et, à ce
double titre, il ne s'occupa pas moins de faire germer les précieuses vertus écloses dans l'âme de son jeune élève, qu'à orner
son esprit de connaissances nouvelles. Aussi François eut-il le
bonheur de se conserver pur au milieu d'une société où ré-

gnaient le libertinage et la licence. Tandis que ses grâces personnelles et ses richesses semblaient multiplier autour de lui les périls, il sut éviter toutes les occasions qui pouvaient l'entraîner au mal, en fuyant avec soin la compagnie des jeunes débauchés. Lorsqu'il se sentait assailli par une trop forte tentation, il se représentait l'œil de Dieu fixé sur lui, et cette pensée suffisait pour vaincre le danger.

Tandis que le jeune comte se préparait à subir l'épreuve du doctorat, une cruelle maladie vint arrêter le cours de ses études. Le mal fit en peu de jours de si rapides progrès, qu'on désespéra de sa guérison : les médecins eux-mêmes se déclarèrent impuissants à le sauver. Cette nouvelle accabla de douleur tous les amis de François. Quant à lui, il n'en fut pas troublé : l'annonce de sa mort prochaine lui occasiona, au contraire, une sainte joie. Il lui tardait de voir arriver le moment où Dieu briserait son enveloppe mortelle pour lui donner place au séjour des élus. Aussi ne donnait-il aucun regret au brillant avenir qui l'attendait dans le monde, et à la gloire que la science lui promettait. Son précepteur lui ayant demandé ce qu'il voulait qu'on fit de sa dépouille mortelle : « Donnez-la, dit-il, aux » étudiants en médecine pour être disséquée. J'ai souvent re- » marqué que la difficulté de se procurer des cadavres les » expose à des profanations coupables, et fait naître des que- » relles sanglantes entre eux et les parents des morts. Heureux » si, après avoir été inutile pendant ma vie, je puis être de » quelque utilité après ma mort. » Mais Dieu qui veillait à la conservation de son serviteur, déjoua les prévisions de la médecine. La santé de François se rétablit, et il put reprendre ses études.

A l'âge de vingt-quatre ans, le comte subit les épreuves du doctorat. Il s'en tira avec un si grand succès, qu'il reçut les félicitations de tous les savants de Padoue, et que Pancyrole le donna pour modèle à toute l'université.

Après ce triomphe, il se disposait à retourner auprès de sa famille, lorsqu'une lettre de son père lui prescrivit de faire le voyage d'Italie. Pour se conformer au désir paternel, il se rendit à Ferrare, et de là à Rome. Il salua avec bonheur la capitale du monde chrétien, la ville imprégnée du sang des martyrs. Une de ses premières visites fut le tombeau des apôtres ; puis il inspecta successivement les monuments du culte catholique, et les vestiges du paganisme. En parcourant les débris de cette Rome païenne, qui pendant tant de siècles avait gouverné le monde, il réflchissait à l'inconstance des choses humaines, et sentait son cœur se détacher de plus en plus de ces biens terrestres qu'un simple coup de fortune peut donner et ravir. Un saint enthousiasme remplissait son âme à la vue de ces amphithéâtres où tant de généreux athlètes n'avaient pas hésité à défendre leur foi au prix de leur sang et de leur vie. Il regrettait de ne pas vivre à une époque où il eût fallu sceller par le martyre son attachement à Dieu et à l'Eglise.

François demeura quelques jours à Rome, puis il fut s'agenouiller à Lorette aux pieds de la vierge Marie, pour la remercier de l'avoir si miraculeusement protégé durant sa maladie. Ce pieux pèlerinage accompli, il continua son voyage à travers les

principales villes d'Italie, et s'empressa d'aller revoir un père
et une mère auprès desquels il était si impatiemment attendu.
Grande fut la joie du comte, à la vue d'un fils qui, après une si
longue absence, lui revenait couvert de palmes universitaires,
plein de grâces et de vertus. Mais surtout combien fut heureuse
la comtesse de pouvoir presser sur son cœur l'enfant chéri dont
la séparation avait coûté tant de larmes !

Pendant sa maladie, le jeune comte avait promis de se consacrer à Dieu ; mais il n'avait fait part à personne de son serment. Son père, qui n'en avait pas connaissance, lui avait ménagé
un brillant mariage avec la fille d'un baron voisin. Plein de joie
d'avoir amené à bien une union très-avantageuse, il s'empressa
de dévoiler à son fils tous ses projets. Il ajouta même qu'il
fallait se rendre sans retard dans la demeure de sa fiancée, où
il était attendu. Cette nouvelle fut pour François un coup de
foudre. Lui, qui avait formé le vœu de chasteté perpétuelle, se
voyait obligé, dès le lendemain de son arrivée au château, de
rechercher son alliance ! Si encore quelque temps eût été donné
à la réflexion, il aurait pu demander des avis et prendre une
résolution ; mais la volonté paternelle exigeait un départ immé-
diat, et il n'était pas possible de la froisser dans un pareil
moment. Le jeune comte se rendit donc à l'invitation qui était
faite, et fut présenté à la fille du comte de Végi. Il n'est point
douteux qu'après cette entrevue, François n'eût offert sa main
à cette jeune personne, si son cœur n'eût été consacré à Dieu,
car toutes les belles qualités qu'on admirait en lui avaient leur
écho dans l'âme de celle qu'on lui destinait pour compagne.

Mais il avait juré de renoncer à tout attachement terrestre, et il voulait tenir son serment.

Sur ces entrefaites, le duc de Savoie, voulant récompenser les services du comte de Sales, fit offrir à son fils la charge de conseiller au Sénat de Chambéry. François, qui plus que jamais songeait à embrasser l'état ecclésiastique, refusa énergiquement ce poste. Dès-lors il dut s'occuper d'instruire au plus tôt son père du dessein qu'il avait formé d'abandonner le monde et ses vains plaisirs pour abriter sa vie à l'ombre du sanctuaire. Comme il n'osait le faire lui-même, il pria son précepteur de lui servir d'interprète. A sa grande suprise, ce prêtre vertueux n'entra point dans ses vues. Voyant en ce jeune homme l'unique héritier d'un grand nom, il chercha à le dissuader de son dessein, lui rappelant que le soin de son salut n'exigeait nullement qu'il abandonnât sa famille pour le service des autels. François, qui avait toujours été si docile à la voix de son maître, ne crut pas cette fois devoir se conformer à ses avis. Il fut trouver son cousin Louis de Sales, chanoine de la cathédrale de Genève, et le chargea de remplir la mission que son précepteur avait refusée.

Avant de parler au comte, Louis voulut réclamer auprès du Pape un poste avantageux pour son cousin, afin que la vue d'une haute dignité fléchît plus facilement un père qui avait toujours désiré pour son fils la gloire et les honneurs. En ce moment l'église de Genève venait de perdre son prévôt. Louis pria le Souverain Pontife de vouloir bien remettre cette charge au jeune François, et sa demande fut très-bien accueillie. Le Pape expédia les bulles d'investiture. Muni de ces pièces, Louis de Sales se rendit auprès du comte et lui fit part en même temps du projet de son fils et de la décision de Rome. Des larmes et une morne désolation furent la première réponse qui suivit cette déclaration inattendue. Le comte et la comtesse voyaient d'un seul coup s'anéantir tous ces beaux rêves d'avenir qu'ils avaient formés pour leurs fils, et leurs cœurs ne pouvaient manquer d'être brisés. Mais comme la piété était une des grandes vertus de cette famille, ils se résignèrent peu à peu à la volonté divine, et se soumirent à ses décrets. Le vieillard fit venir son fils, le bénit, et lui dit qu'il lui laissait la liberté de se consacrer à Dieu, puisqu'il était providentiellement appelé vers ses autels.

Lorsqu'on eût montré à François de Sales le bref pontifical qui lui conférait le titre de prévôt de l'Eglise de Genève, il prétendit qu'il était trop jeune pour accepter un si haut poste, et voulut refuser un bénéfice qui lui était accordé par pure faveur et contrairement à son attente. Mais Louis de Sales lui représenta qu'il ne dépendait pas de lui d'accepter ou de refuser un emploi auquel il était nommé par le Souverain Pontife ; que son humilité même lui faisait une sainte loi de l'obéissance ; que d'ailleurs il n'avait pas recherché une prévôté, et qu'on lui avait donné celle de Genève à son insu. Ces raisons furent convaincantes : François de Sales céda aux instances de son cousin, dont il connaissait l'éminente piété.

MINISTÈRE DE FRANÇOIS DE SALES. — CONVERSION
DES PROTESTANTS

Comme François de Sales avait fait de sérieuses études théologiques, sa préparation aux ordres sacrés ne pouvait être fort longue ; aussi arriva-t-il rapidement au diaconat. Il ne fut pas plutôt promu à ce grade ecclésiastique, qu'il reçut de son évêque mission d'adresser la parole aux fidèles. Dans ses premiers sermons il se montra touchant par l'onction de l'amour divin dont il se sentait inspiré, et par cette merveilleuse charité qui était une de ses principales vertus.

Lorsqu'il vit s'approcher l'époque où il allait être élevé au sacerdoce, il sembla redoubler de ferveur et de piété, et ce fut dans les plus saintes dispositions qu'il y reçut cette ordination. Alors chacun put admirer de combien de vertus extraordinaires

sa belle âme était éouée. Un zèle infatigable lui faisait tout
entreprendre, et il ne se rebutait jamais. Chaque jour on le
voyait au chevet du malade, dans la chaumière du pauvre, au
tribunal de la pénitence, instruisant les ignorants, calmant les
douleurs, et versant toujours d'abondantes aumônes. Sous le
titre de confrérie de la Croix, il organisa à Annecy une association chargée de pourvoir au soulagement des malheureux ; elle
se composait de personnes pieuses, qui, touchées de son exemple, avaient demandé à suivre ses traces.

Un des défauts que François avait eu le plus de peine à
réprimer, c'était l'impétuosité de son caractère; naturellement
enclin à la colère, il s'était habitué dès son enfance à vaincre ce
mauvais penchant, et ses efforts avaient été couronnés d'un
succès tel, que maintenant il se faisait remarquer par une douceur angélique.

Qu'il était beau de voir ce jeune prêtre aux pieds des autels !
avec quel recueillement il célébrait le divin sacrifice ! Nul ne
pouvait assister à la messe où il officiait sans être ému et sans
se sentir pénétré d'une nouvelle ardeur pour le culte divin.

A cette époque, un ministre calviniste sachant que François
avait donné à une association le titre de confrérie de la Croix,
en prit occasion pour combattre l'honneur que ce signe de salut
recevait chez les catholiques. François refuta l'hérétique dans
un livre intitulé l'*Etendard de la Croix*, et le réduisit au silence.
Ce fut le prélude des victoires qu'il d.vait remporter un peu plus
tard contre le calvinisme.

Depuis de nombreuses années les Suisses avaient enlevé au

prince de Savoie le duché de Chablais et les baillages de Gex, Terni et Gaillard ; une victoire de Charles-Emmanuel les ramena en son pouvoir. Mais ils ne revinrent point tels qu'ils avaient quitté cet état : l'hérésie de Calvin avait infecté la plus grande partie de ces contrées, et une haine profonde contre le catholicisme avait remplacé l'amour des autels et du culte reçu par l'Eglise romaine. Charles-Emmanuel, qui tenait à honneur de voir fleurir dans ses états la véritable religion, chercha un moyen de ramener au giron de l'Eglise les peuples qui s'en étaient éloignés. Il écrivit dans ce sens à l'évêque de Genève, Claude Garnier, le priant de lui envoyer au plus tôt des missionnaires pour convertir les peuples du duché et des baillages. L'évêque s'empressa de pourvoir à ce besoin pressant ; mais il ne rencontra dans son clergé aucun membre disposé à braver les périls résultant d'une pareille entreprise. Il se vit obligé de dire que, si personne ne se présentait pour cette mission, il irait lui-même annoncer la parole de Dieu à tous ces malheureux que l'erreur avait séduits. Ayant entendu ces paroles, Francois, que l'humilité avait jusqu'alors empêché de se proposer à cette entreprise, pria son évêque de vouloir bien lui donner part à cette œuvre apostolique, s'il l'en jugeait assez digne. Le prélat fut heureux d'accéder à sa demande. Il lui adjoignit son cousin Louis de Sales, qui avait réclamé de partager les fatigues de François, et chargea ces deux prêtres d'aller combattre l'erreur.

A la nouvelle du danger qu'allait courir son fils, le comte s'alarma. Il fut le trouver et le pria instamment de ne pas poursuivre son projet. Mais François était trop heureux d'exposer ses jours en ramenant au bercail des brebis égarées, pour se laisser séduire par des considérations humaines. Aussi toutes les démarches paternelles demeurèrent-elles complétement infructueuses.

Les deux cousins se dirigèrent d'abord vers le Chablais. Voulant attaquer le mal dans sa racine, ils entrèrent de suite sur le territoire de Thonon, capitale de ce duché. Dès qu'ils eurent pénétré dans ce pays, leur première action fut de remercier Dieu d'avoir bien voulu se servir de leur ministère pour la conversion des impies; puis ils invoquèrent le secours des Anges et des saints, en les suppliant de leur venir en aide dans cette tâche si difficile.

Leur première visite fut pour le château des Allinges, situé à petite distance de la ville, où demeurait le gouverneur, qui étant catholique, reçut avec grande bienveillance les deux missionnaires, les remercia d'avoir bien voulu se rendre à son invitation et leur assura qu'il les seconderait de tous ses efforts dans leurs pénibles travaux. Ils concertèrent ensemble des moyens qu'ils devaient prendre en ces circonstances, et il fut décidé qu'ils se rendraient chaque matin à Thonon, et reviendraient coucher le soir aux Allinges. De cette façon leur sécurité était beaucoup moins compromise.

François ne put s'empêcher de verser des larmes en voyant les ruines de tant d'édifices religieux éparsés de tous côtés dans les campagnes. Le feu et la flamme avaient tout ravagé, autels, églises, chapelles et couvents; et les ministres de Dieu qui n'avaient pas été les victimes de la fureur des sectaires, s'étaient vus contraints, pour échapper à la mort, d'aller chercher un asile dans les domaines voisins. Après de pareils faits, en face d'hommes non moins hostiles que par le passé à tout ce qui représentait le culte catholique, il était bien difficile d'obtenir d'heureux résultats. Aussi lorsque les deux prêtres se rendirent sur la place publique pour engager le peuple à écouter la parole de vie, ne virent personne venir à eux, et furent-ils accueillis par toutes sortes d'injures et d'outrages. La patience des vertueux ecclésiastiques n'en fut pas lassée néanmoins ; ils continuèrent chaque jour le pieux devoir qu'ils s'étaient tracé. Peu à peu quelques enfants et quelques mendiants s'habituaient à s'approcher d'eux, mais pendant bien longtemps ce furent leurs seuls auditeurs. Ils se consolaient de leur peu de succès en se rappelant que notre Seigneur lui aussi n'avait eu pour premiers disciples que les malheureux et les enfants.

Cependant l'heure de la grâce ne devait pas tarder à sonner pour ces peuples. Les soldats calvinistes qui formaient la garnison du château, touchés des vertus des prédicateurs, se décidèrent à embrasser une religion qui produisait de tels héros. Ils réformèrent leurs mœurs, cessèrent de blasphémer le nom de Dieu, et évitèrent les disputes, les duels et les débauches honteuses auxquels ils se livraient. Mais ce n'était là qu'un léger succès en face de tout ce qu'il restait à faire. La conversion de ces troupes, loin d'engager la population à imiter leur exemple, ne fit que fomenter la colère dans les esprits. Plusieurs complots s'organisèrent dans le but de faire périr les augustes prédicateurs de la foi. Effrayé de tant de périls, le comte de Sales supplie de nouveau son fils d'abandonner une entreprise où il ne pouvait réussir, et où il devait assurément mourir victime de son zèle. Toutes ses raisons et ses prières ne purent changer la décision du jeune François. Il ne voulut point consentir à déserter une cause où de si puissants intérêts se trouvaient en jeu, et pour laquelle il croyait n'avoir pas lieu de désespérer. Ce fut encore en vain qu'on lui proposa une escorte pour sa sûreté : il prétendit que la parole de Dieu était assez puissante pour pénétrer les cœurs, sans qu'il fût besoin du secours d'épées ou de hallebardes ; qu'au reste on n'établissait pas une religion comme on fonde un empire, par la force du glaive, mais bien par la douceur, la persévérance et l'aide de Dieu. La vérité de cette maxime ne tarda pas à recevoir une frappante démonstration. Ceux qui avaient projeté d'assassiner François, ne purent résister dans leur fatal dessein en face de tant de bonté : ils furent les premiers à accepter la doctrine que leur apportait le jeune prêtre. Quelques habitants de Thonon se décident à en faire autant, et leur exemple en entraîne bientôt une foule d'autres. Chaque jour voit s'accroître le nombre des auditeurs, et par suite le nombre des convertis ; car il est impossible d'écouter sa parole sans être persuadé.

Les ministres protestants furent effrayés des succès de François, ils cherchèrent par tous les moyens à arrêter les conversions. Pour tirer vengeance d'un de leurs collègues qui s'était laissé convaincre par ce prêtre, ils l'accusèrent faussement auprès des autorités et le firent condamner à mort.

Quand la plus grande partie des habitants de Thonon eurent abjuré leur erreur, François de Sales proposa aux ministres des conférences publiques, afin de démontrer la fausseté de leurs maximes ; mais ils refusèrent constamment d'accéder à sa demande. Un seul avait promis de discuter avec le missionnaire sur les principes de la religion chrétienne en présence du baron d'Avuli, protestant fougueux que l'éloquence de François avait converti. Mais au moment de mettre à exécution sa promesse, il se récusa. Furieux de ce manque de parole, le baron amena François chez le ministre à Genève, et força ce dernier à tenir pendant trois heures une conférence avec le missionnaire. Le calviniste fut bien vite à bout de ressources en présence de la logique pressante du prêtre catholique. Ne sachant comment défendre sa cause, il prit le parti d'éluder les questions. Alors le mécontentement devint très-vif de la part des auditeurs, et ils se séparèrent bien convaincus de la fausseté du calvinisme.

Dès que le duc de Savoie eut appris l'heureuse issue des prédications de François de Sales, il se hâta de le mander auprès de lui pour concerter ensemble des mesures à prendre au sujet du rétablissement du culte. Ils convinrent qu'il fallait restaurer l'église de Saint-Hippolyte à Thonon, et le missionnaire fut chargé d'y pourvoir. En 1597, au jour de Noël, trois cents convertis recevaient la sainte communion dans ce nouveau sanctuaire.

Le pape Clément VIII ayant eu connaissance des merveilleux effets qu'opérait en Savoie la parole du saint, chargea ce pieux

jeune homme de ramener à la foi le trop fameux Théodore de
Bèze, ancien compagnon de Calvin. C'était une mission bien
difficile, mais quels ennuis pouvait redouter celui qui avait déjà
bravé tant de périls! Il laisse la garde des nouveaux catholiques
à son cousin Louis de Sales, se rend à Genève, et fait proposer
à de Bèze des conférences, qui sont acceptées. François presse
tellement son adversaire dès le premier entretien, que l'hérétique est obligé de garder le silence, et sent son cœur en proie
aux remords. A une seconde entrevue, de Bèze reconnaît qu'on
peut se sauver dans l'Eglise romaine, et un peu plus tard il offre
à François de Sales son amitié, lui avouant que ses visites ont
pour lui grand intérêt. Le premier pas était fait, il semblait
donc que l'époque allait enfin arriver où l'hérésiarque renierait
son passé, et demanderait à entrer dans l'Eglise catholique.
Mais il n'en fut pas ainsi. Les ministres calvinistres, effrayés de
l'ascendant que le missionnaire avait sur l'esprit de leur chef,
prirent mille précautions pour empêcher les suites des conférences. Ils surveillèrent les démarches de Théodore, et se rendirent tellement maîtres de sa maison, que François éprouva
de continuels refus lorsqu'il demanda à être introduit de nouveau auprès de lui. Le docteur protestant mourut cependant
avec le regret de n'avoir pas revu le prêtre catholique.

A la suite de ces circonstances, François de Sales revint à
Thonon rejoindre son troupeau, et continua ses missions apostoliques. Il eut alors l'occasion de mettre en pratique l'ardente
charité que son cœur ressentait pour toutes les misères humaines. La peste étant venu frapper les malheureux habitants de

Thonon, il se dévoua sans relâche au service des malades. Tandis que les ministres calvinistes cherchaient à fuir le danger, on voyait le *missionnaire apporter des consolations* partout où le fléau frappait une victime, et prodiguer aux malades de véritables soins paternels. Cette admirable conduite acheva de gagner les cœurs qui étaient jusqu'alors restés sourds à sa voix : chaque jour un grand nombre de personnes abjuraient leurs erreurs et demandaient à rentrer au bercail. Le nombre des conversions devint tel qu'on fut de mander de nouveaux pasteurs pour fonder des églises et régir les peuples. Le calvinisme perdit peu à peu ses derniers adhérents, et en 1598 il fut complétement banni du Chablais et des baillages de Berni et Gaillard. Lorsque le duc de Savoie et le souverain pontife voulurent féliciter le jeune prêtre de l'heureux succès de sa mission, il répondit qu'il n'avait été en cela que l'humble ministre des voies de la Providence, qu'à elle seule étaient dues pour ce bienfait hommage et reconnaissance.

IV

FRANÇOIS DE SALES EST NOMMÉ COADJUTEUR, PUIS ÉVÊQUE DE GENÈVE. — RÉFORMES ECCLÉSIASTIQUES

L'évêque de Genève ayant remarqué tous les talents de François de Sales et ses vertus, songea à se l'associer dans les fonctions pastorales. Il le manda donc près de lui et lui fit part de son projet. A cette *nouvelle*, François fut comme altéré ; il supplia ce prélat d'avoir égard à sa grande jeunesse et de vouloir bien adopter pour coadjuteur un prêtre plus digne d'exercer ce haut ministère. Mais l'évêque ne voulut point accepter cette démission, et il écrivit au pape et au duc de Savoie, les priant de lui venir en aide pour faire accepter à François de Sales un poste qu'il méritait d'occuper à si juste titre. L'un et l'autre se hâtaient d'enjoindre au jeune prêtre d'obéir au prélat. Alors il n'y eut plus de résistance possible, et François dut se rendre à Rome pour recevoir les bulles apostoliques. Le souverain pontife le nomma évêque de Nicopolis et coadjuteur de Genève.

Pendant son séjour à Rome, François de Sales eut plusieurs entretiens avec le saint Père au sujet des protestants du Chablais ; il en profita pour réclamer la remise des biens ecclésiastiques de cette contrée, qui étaient entre les mains des chevaliers de Saint-Lazare. Sa demande fut bien accueillie ; il obtint des brefs de restitution, qu'il s'empressa de faire valoir par la suite, et qui lui permirent de percevoir les fonds nécessaires à la reconstruction d'une foule d'édifices religieux. Il était à peine de retour, lorsqu'il eut à déplorer la perte de son père. Ce bon vieillard s'éteignit sans avoir eu la consolation de sentir près de lui son fils bien-aimé. Averti une première fois que la vie de son père était en danger, François était accouru au château de Sales et lui avait administré les derniers sacrements, mais ayant cru remarquer, par la suite, une amélioration de santé, il était revenu à Annecy, où il prêchait alors le carême. Quelques jours plus tard, au moment de monter en chaire, il reçoit la nouvelle que son père avait rendu le dernier soupir. A ces mots son cœur est navré de douleur : toutefois il ne se croit pas permis de priver son auditoire de la parole de Dieu. Il fait son sermon et donne ensuite un libre cours à ses larmes.

La mort du comte de Sales avait répandu le deuil au château. François s'y rendit pour consoler sa famille et rendre aux dépouilles paternelles les derniers devoirs ; mais comme le soin de son église exigeait sa présence à Annecy, il y resta seulement quelques jours, et revint achever la prédication du carême.

En 1602, deux ans environ après ce triste événement, le coadjuteur fit un voyage en France pour aller demander au roi la permission d'évangéliser le pays de Gex qui venait de passer à Henri IV par suite d'un traité conclu avec le duc de Savoie. La renommée de ses prédications et de ses vertus l'avait précédé. Aussi reçut-il le plus bienveillant accueil lorsqu'il fut arrivé à Paris. Tout le monde était curieux de voir et d'écouter ce vertueux prélat. Les grands personnages de la cour le prièrent de prêcher le carême, lui certifiant que sa parole ne produirait pas moins de conversions au sein de la capitale que dans les états de la Savoie. François de Sales accéda à leurs désirs. Il fit plusieurs sermons dans lesquels il traita les points de controverse religieuse qui avaient éloigné les calvinistes du giron de l'Eglise romaine. Ceux d'entre ces derniers qui faisaient partie de son auditoire furent touchés par la justesse de ses raisonnements, et un grand nombre se convertirent. Leur exemple fut suivi par une telle quantité de protestants, que le cardinal de Perron dit en parlant de François : « Il n'y a point d'hérétique que je ne puisse convaincre, mais il faut s'adresser à l'évêque de Genève pour les convertir. »

Henri IV voulut assister à quelques sermons de ce prédicateur; il le consulta même plusieurs fois en matière de conscience. Lorsqu'il connut le but de son voyage, il s'empressa de lui donner plein pouvoir sur ses terres, et le remercia de ses intentions. Son désir aurait été d'attacher ce prélat a la France, mais il ne put réussir. François refusa en même temps et la promesse d'un évêché et une pension de quatre mille livres, donnant pour raison que Dieu l'appelait au siége de Genève et qu'il ne saurait employer une somme dont il n'avait nul besoin. Cette réponse redoubla l'estime que le roi lui portait.

Dès qu'il fut possible à François de quitter Paris, il se disposa à revenir à Annecy. Comme il faisait ce voyage, il apprit la mort de l'évêque de Genève. Le prélat, en mourant, l'avait désigné pour son successeur. On prétend même qu'il l'avait nommé comme tel depuis fort longtemps. Il aurait, dit-on, prédit cet avenir, en voyant François de Sales soutenir brillamment une thèse théologique avant son entrée dans les ordres religieux.

Le nouvel évêque de Genève se prépara à son sacre par une retraite de vingt jours, et une confession générale des fautes de toute sa vie. Celui qui avait retiré de l'erreur une foule de calvinistes, ne craignit pas de se déclarer le plus indigne serviteur du Christ, le moins apte à supporter le lourd fardeau de l'épiscopat. Prenant modèle sur saint Charles Borromée, archevêque de Milan, il promit à Dieu de conserver la plus grande simplicité dans les habits et d'éloigner de sa table tous les mets délicats. La cérémonie de son ordination eut lieu au château de ses pères, le 8 décembre de l'année 1602.

Les devoirs de sa charge ne lui firent pas oublier l'objet de son voyage à la cour de France. Sitôt qu'il eut organisé l'administration de son diocèse, il se rendit avec quelques prêtres zélés dans le pays de Gex. Ses prédications ne furent pas moins

heureuses que dans le Chablais, mais les épreuves ne lui manquèrent pas non plus. Comme à Thonon il eut à redouter plusieurs fois des complots qui avaient pour but de l'assassiner. Sa
douceur et sa bonté surent les déjouer tous, le poignard tomba
des mains à la vue du saint prélat. En très peu de temps les
conversions furent très nombreuses, et bientôt toute la contrée
put être considérée comme catholique.

La prédication était pour François la plus agréable partie de
son ministère. Non seulement il allait combattre l'hérésie et
tenait de hautes conférences avec les calvinistes, mais il aimait
surtout à porter la parole de Dieu dans les villages aux humbles
habitants des campagnes. Il préférait s'adresser à des gens qui
goûtaient ses avis sans comprendre la beauté de ses discours,
qu'à de haut personnages toujours disposés à vanter la facilité
de sa diction et à le combler de louanges. On le voyait fréquemment assister aux catéchisme établis dans son diocèse pour
l'instruction des pauvres et des ignorants. Souvent il se plaisait
à remplacer le professeur, et à faire lui-même ses instructions
à ces malheureux. Dans des exhortations simples et touchantes,
leur recommandait avant tout d'aimer Dieu et le prochain de
toute la force de leur âme.

Une semblable conduite chez un prélat devait influer sur
celle de tout le clergé du diocèse. Aussi chaque prêtre s'effor-
çait-il de redoubler de zèle dans les instructions pour complaire
à l'évêque.

François de Sales se montrait plein de compassion pour les
pécheurs qui venaient le trouver au tribunal de la pénitence.

Son cœur et sa bourse leur étaient ouverts. Il était heureux de les recevoir, pleurait sur leurs égarements, les engageait à ne pas désespérer de la miséricorde de Dieu. La bienveillance de son regard ne les touchait pas moins que la puissance de sa parole. Plusieurs criminels changèrent complétement de vie après avoir reçu l'absolution du saint prélat. Lorsqu'on lui reprochait quelquefois d'être trop miséricordieux pour les coupables, il répondait : « Ces loups se changeront un jour en agneaux et seront » peut-être plus saints que qui que ce soit d'entre nous. » Il » ajoutait : « Je suis en cela les préceptes de notre Seigneur » Jésus-Christ venu dans le monde pour sauver les pécheurs, et » disait sans cesse : *Soyez doux et humbles de cœur.* Voudriez-vous m'empêcher d'obéir au commandement de Dieu ? »

L'évêque de Genève désirait que les ministres des autels fussent dignes de ce titre. Avant d'admettre dans les ordres sacrés, il cherchait à connaître la capacité des aspirants aussi bien que leurs vertus, et ne les recevait qu'après de sérieux examens. Dans l'administration de son diocèse il usait à la fois de bienveillance et de fermeté. Si quelque prêtre avait commis quelque faute, il s'efforçait de le ramener par la douceur à la réparation et à la pénitence, et ne le privait des fonctions sacerdotales que lorsqu'il avait mis en usage tous les moyens de sa persuasion. Mais il était fort rare qu'il eût besoin d'avoir recours à la rigueur.

Voici un exemple entre mille de la clémence de François envers les pécheurs. Un prêtre avait été jeté dans les prisons ecclésiastiques pour une faute assez grave. Connaissant la bonté

du prélat, il demandait avec instance d'être conduit près de lui ;
mais il ne pouvait l'obtenir. L'évêque l'apprit. Il s'empressa de
se rendre auprès du malheureux, et se présenta à lui avec un
air si bienveillant que le prisonnier tomba à ses pieds sans
proférer un seul mot. A cette vue, François dit à ceux qui l'entouraient : « Qui osera condamner celui que Jésus-Christ a
déjà justifié. » Puis s'adressant au coupable, il ajouta : « Allez
en paix, mon fils, et ne péchez plus. » Il le réintégra de suite
dans ses fonctions, sans lui infliger aucune peine, lui enjoignant
seulement de réparer ses fautes par un changement de vie.
Cette recommandation fut écoutée : le prêtre coupable donna
l'exemple des plus hautes vertus, et termina saintement ses
jours.

Depuis longtemps certains monastères avaient oublié la piété
de leur fondation ; des abus énormes s'étaient introduits dans
leur sein. Ceux de Six et de Talloyres ne connaissaient plus
aucun règlement ; les moines s'y livraient impunément à toutes
sortes de désordres, et vivaient dans la mollesse et l'oisiveté.
François s'empressa de remédier à un si grand mal. Il se rendit dans ces couvents mondains, et supplia ces moines dissolus
de songer au caractère sacré de la carrière qu'ils avaient
embrassée, leur rappelant que c'était à eux de donner aux villes
l'exemple du travail et de la piété. La plupart furent grandement touchés de ses exhortations, et changèrent de vie. Quant
à ceux qui refusèrent de s'amender, il leur fit quitter l'habit
religieux et les remplaça par des hommes zélés dont l'exemple
ramena dans les cloîtres les vertus primitives.

Comme il se trouvait au monastère de Suze, on lui annonça que dans une vallée, à une distance de trois lieues, plusieurs villages avaient disparu sous des décombres : des fragments considérables de rochers s'étaient détachés des montagnes voisines entraînant avec eux les terres qui y adhéraient, et avaient écrasé dans leur chute une foule d'hommes et d'habitations. A cette nouvelle le saint prélat, n'écoutant plus que la voix de la charité, se hâte d'accourir vers les malheureux que la catastrophe a épargnés. Il traverse des chemins impraticables, côtoie des précipices affreux, et arrive enfin, épuisé de fatigues, auprès de ces infortunés. La vue de ce terrible accident lui fait bien vite oublier les difficultés du voyage : il ne songe qu'à consoler les malheureux habitants et à verser entre leurs mains tout l'argent qu'il a apporté.

V

FRANÇOIS DE SALES CHOISIT UN COADJUTEUR. — SA MORT.
SES ÉCRITS.

Depuis quelque temps la santé de l'évêque de Genève allait
toujours s'affaiblissant, et les occupations se multipliaient pour
lui d'une telle façon, qu'il lui devenait impossible d'y vaquer.
Un coadjuteur était donc indispensable. La vertu sublime du
comte Louis de Sales, son frère, fit naître dans l'esprit du saint
prélat l'idée de le choisir pour remplir ces fonctions, bien qu'il
ne fût pas dans les ordres. Il lui en écrivit dans les termes les
plus pressants, lui faisant un plan du bien qu'ils feraient quand
ils travailleraient unanimement à la vigne du Seigneur ; mais
au lieu de correspondre à de si vives sollicitations, voici la
réponse qu'y fit le comte : « En vérité, Monseigueur et bon

» frère, ma seule indignité me retire de la prêtrise; mais quand
» je pourrais m'engager au simple sacerdoce, dont je me sens
» incapable en toutes manières, jamais, au grand jamais, je ne
» pourrais songer à la dignité épiscopale, à cause de la charge
» des âmes qui y est attachée; et, comme je me sens entière-
» ment dépourvu de toutes les qualités nécessaires à un état
» si parfait, je vous supplie de n'y penser autrement pour
» moi. »

Le bienheureux François fut obligé de prendre ce parti, bien
que les raisons de son frère ne lui parussent pas concluantes,
persuadé qu'on ne pouvait avoir les vertus requises au ministère sacré dans un plus haut degré que Louis. Alors, à l'insti-
gation du cardinal de Milan, Frédéric Borromée, il fixa son
choix sur son autre frère Jean-François de Sales qui avait déjà
reçu la prêtrise, et qui possédait d'éminentes vertus. En conséquence Jean-François fut nommé évêque de Chalcédoine, et
sacré à Turin en 1618.

La charité de François était inépuisable. Devant le malheur
il se dépouillait de tout ce qu'il possédait. Ayant reçu un très-
beau diamant de Christine de France, sœur de Louis XIII, et
épouse du prince de Piémont, il ne l'accepta que sous la réserve
de pouvoir en faire l'usage que bon lui semblerait. Christine y
consentit, mais réclama le droit de le racheter. « Madame, lui
» répondit le saint, je craindrais que cela n'arrivât trop sou-
» vent. » Peu de temps après, le bijou avait passé dans la
main des malheureux. Lorsque la princesse connut ce trait de
charité, elle vint trouver François, lui remit une seconde ba-

gue, et le supplia de la conserver pour l'amour d'elle. Mais cette recommandation fut inutile, le diamant eut bien vite le même sort que le premier ; il fut engagé pour pourvoir aux besoins des nécessiteux, ce qui fit dire à un gentilhomme de la cour : « Il est moins à l'évêque de Genève qu'à tous les gueux » d'Annecy. »

Lorsque Christine de France se fut rendue à la cour de son époux, elle voulut l'évêque de Genève pour son aumônier. Au premier abord il refusa, prétendant qu'une telle charge était incompatible avec ses travaux apostoliques ; mais les instances furent telles de la part de cette princesse qu'il accéda enfin à sa prière. Toutefois il mit pour condition essentielle qu'il ne quitterait point son diocèse, et qu'il ne toucherait point les revenus de sa charge lorsqu'il n'en remplirait pas les fonctions. Comme au bout d'une année et demie on lui apportait le revenu de ce laps de temps, il refusa cette somme soûs prétexte qu'il avait été absent, et il en fit don à sa cathédrale.

En 1622, François de Sales accompagna à Avignon le duc de Savoie qui se rendait en cette ville pour saluer le passage de Louis XIII. Avant de partir, il pressentit qu'il ne reverrait plus son diocèse. Il fit en conséquence ses adieux aux habitants d'Annecy, qui tous versèrent d'abondantes larmes à l'annonce de l'éternelle séparation. Lorsqu'il dut quitter la ville, une foule nombreuse se pressait sur ses pas et ne voulait pas le laisser partir.

Cet auguste prélat arriva à Avignon quelque temps avant que Louis XIII fît son entrée solennelle en cette ville ; il pouvait donc assister aux fêtes nombreuses et brillantes occasionées par cet événement, mais par mortification il se retira dans la solitude et ne prit part à aucune des cérémonies de réception.

D'Avignon il suivit la cour à Lyon : ce fut sa dernière étape. Sa santé s'affaiblissant de plus en plus, ne laissa aucun doute sur une mort prochaine. Néanmoins il voulut prêcher la veille et le jour de Noël, pour consacrer à l'instruction des fidèles et au service de Dieu le peu de forces qui lui restaient encore. Le lendemain, il ressentit une telle fatigue, qu'il fallut le mettre au lit. Peu de temps après, il éprouva une attaque d'apoplexie, qui le conduisit au tombeau.

L'intendant du Lyonnais et plusieurs personnes de distinction s'étaient empressés de mettre leurs châteaux à la disposition de François de Sales; mais il avait refusé d'aller habiter ces splendides demeures. Au moment de quitter cette terre, il voulait se préparer à ce terrible passage par le recueillement et la prière. Aussi avait-il choisi une petite chambre au couvent de la Visitation, auprès de ces filles bien-aimées qu'il avait consacrées à Dieu.

Dès que les premiers symptômes de l'apoplexie se furent déclarés, le saint prélat s'empressa de réclamer le sacrement de l'Extrême-Onction. On le lui administra; mais on ne le fit pas communier en Viatique parce qu'il avait célébré le matin le saint sacrifice. A partir de cet instant il fut complétement détaché des objets d'ici-bas et ne songea plus qu'au bienheureux passage à l'éternité. Cependant il consentit à subir une opération assez douloureuse, non point afin de tenter une guérison impossible, mais afin de se préparer par la souffrance à mériter la place que Dieu lui réservait au ciel. Offrant avec bonheur le sacrifice de sa vie, il remerciait Dieu de rompre la chaîne qui l'attachait à ce monde, et ne cessait de répéter des versets de l'Ecriture sainte. « Seigneur, s'écriait-il, sauvez-» moi de mes iniquités et purifiez-moi de plus en plus. Que » fais-je sur la terre, loin de vous, ô mon Dieu? » Lorsqu'il voyait ceux qui l'entouraient verser des larmes d'attendrissement, il les consolait, et leur disait de laisser accomplir la sainte volonté de Dieu.

François de Sales mourut le 28 décembre de l'année 1622; il était alors dans la cinquante-sixième année de son âge. Ses restes furent transportés à Annecy, suivant la volonté émise à son lit de mort. Le peuple accourut en foule recevoir sa dépouille funèbre, qui fut enterrée dans l'église de la Visitation.

L'église de Belle-Cour à Lyon possède le cœur de ce prélat, enchâssé dans un reliquaire d'or donné par le roi de France Louis XIII.

De nombreux miracles furent opérés sur le tombeau de ce saint, entre autres la guérison d'un aveugle-né, d'un paralytique et de trois infirmes, et la résurrection de deux morts. En outre les rois Louis XIII et Louis XIV ont cru devoir à l'intercession de l'évêque de Genève la guérison de maladies dont ils étaient affligés. En considération de tous ces faits, le pape Alexandre VII le plaça au rang des saints.

Saint François de Sales a laissé plusieurs ouvrages non moins remarquables au point de vue littéraire que par l'émi-

nente piété qui les inspira. La France peut le compter parmi
ses écrivains les plus distingués. Ses principaux écrits sont
l'*Introduction à la vie dévote* et le *Traité sur l'Amour de
Dieu*. La candeur et l'onction qu'ils respirent, les rendent délicieux même à ceux que les lectures de piété ennuient le plus.

Le but de l'*Introduction à la vie dévote* était de montrer
que la dévotion n'était pas seulement faite pour les cloîtres,
mais qu'elle pouvait être exercée dans le monde, et s'y accorder
avec les obligations de la vie civile et séculière. Il produisit un
merveilleux effet à la cour de France et de Piémont. Henri IV
ne pouvait se lasser de lire ses belles pages où il trouvait des
pensées qui s'adaptaient si bien avec les besoins de son âme.
Marie de Médicis en envoya un exemplaire enrichi de pierre-
ries au roi d'Angleterre Jacques Ier, et ce monarque fut tout
surpris d'y retrouver une toute autre morale que celle du clergé
anglican.

Cependant un prédicateur imprudent n'ayant pas compris
ce livre, osa le dénoncer en chaire comme immoral, et le faire
brûler en public. Cet acte qui eut lieu du vivant de saint François, ne provoqua aucune indignation de la part du saint prélat.
Il écouta humblement le récit qui lui en fut fait, et ne chercha
point à en faire reproche à l'auteur.

Lorsque le général des Chartreux eut pris connaissance de
l'*Introduction à la vie dévote*, il pria son auteur de ne plus
écrire, disant qu'un second ouvrage ne pourrait correspondre
à celui-là, mais quand il eut examiné son *Traité de l'amour
de Dieu*, il s'écria : « Ne cessez jamais d'écrire. » Ce traité rap-

pelle les peines et les sécheresses qu'éprouve une âme qui aime Dieu. Saint François pouvait mieux en parler que personne, lui qui en avait tant souffert.

Après avoir lu cet ouvrage, Jacques Ier fut pris d'un noble désir de voir le saint prélat. François ne demandait pas mieux que de se rendre en Angleterre, il brûlait même d'aller évangéliser cette île ; mais le duc de Savoie, par crainte de le perdre pour toujours, refusa constamment de le laisser partir.

On possède aussi des *Lettres spirituelles* de cet évêque. Saint François de Sales y paraît un des mystiques les plus judicieux de ces derniers temps.

LIMOGES. — IMPRIMERIE DE BARBOU FRÈRES.

www.ingramcontent.com/pod-product-compliance
Lightning Source LLC
Chambersburg PA
CBHW050354030726
47503CB00006B/1857